# 大人に贈る万葉集

言葉に
できない想いは、
どうしたら
伝えられるだろう。

三宅香帆

# はじめに

ある日の授業を思い出す。

大学のとき、雨が降っていて、かったるいなあと思いながら二限を受けていた。春の雨は眠い。授業は古事記の内容を読み解くものだった。正直、すこしずつ瞼が重たくなる気配があった。

そのとき、先生がふと、ある歌の解説を始めた。

霞立つ長き春日をかざせれどいやなつかしき梅の花かも　（巻五、八四六）

――梅を見る宴が終わりそうな時頃、それでも梅の花をまだまだ見ていたい、と詠んでいる歌だ。という訳の解説はそこそこに、「いい宴会とは、案外終わる頃になってみるともう少し時間があってもいいなあ、終わるの惜しいなあ、と思うもんだ」という話をしていた。私は、窓際に座りながら、春の雨空を眺めつつ、いやなつかしき梅の花かも、と頭の中に反芻した。

正直どうってことない歌だと思ったのだが。なぜかそれ以来、いつも宴会が終わるタイミングになるとこの歌が浮かぶ。

いやなつかしき梅の花かも。

いざ終わるとなると、なんだか寂しい。ずっと咲いていてほしい。

不思議なものだ。千三百年も前に詠まれた歌が、私にとって、宴会の終わりのタイミングにすこし切なくなる瞬間そのものを表現したものになっている。私は梅を見る宴会に参加したことなんてないのに。だけど、いやなつかしき梅の花かも、というフレーズは、なんだか私にとって身近なものになっている。不思議だ。

なぜ古典は面白いのだろう。

ふつうに考えたら、千三百年も前に詠まれた三十一文字なんて、現代人が読む必要なんてまったくないのである。だって昔の人が書いたものだし。ふつうに考えたら。

しかし、それでも古典は面白い。

千三百年も前に詠まれた三十一文字に、ふふっ、と微笑んでしまう瞬間がある。思わず心がじんと震えてしまう瞬間がある。なんだか共感を覚えてしまう瞬間がある。

千三百年も、前なのに。

そのままの言葉が、現代の人に届いていること自体が、奇跡なくらいなのに。

古典は面白い。すごいことだ。


本書は、二十代の頃、万葉集を研究していた大学院を辞め、東京で会社員を始めたばかりのときに書いたものだ。

今よりずっと若い感性で万葉集を捉えて解釈し、口語やSNSの文体も使いながら、現代人の感覚で奈良時代の和歌を読むことに腐心した「由緒ただしくない」本である。

けれど、万葉集には当時の私と変わらない年齢で詠まれた歌だってたくさんある。和歌なんて遠い昔のもの、自分たちには関係ないもの、というイメージを変えてみせたかったのだ。

読者の方にも、現代に読む万葉集をぜひ一緒に楽しんでもらえたら、とても嬉しい。

万葉集は面白い。古典は面白い。なぜなら、千三百年前の人の言葉を読むことができるからだ。

千三百年も前の人の言葉に、共感したり心動かされたりする瞬間が、存在している。

そのことの豊かさに、私は今も驚き続けている。

さて、ここから始まるのは、漫画家の相澤いくえさんが描いてくださった、ある女の子と『万葉集』の出会いの物語である。

相澤さんの素敵な物語が万葉集の新しい面白さをまたひとつひらいてくれた。あなたにとっても、きっと魅力的な扉となるはずである。ぜひここから、ページをめくってみてほしい。

目次

## 第二章 たのしい恋の歌



## 第三章 「大人」の歌

第四章 映える歌



第五章 心の歌

## 押さえておきたい歌人たち



## COLUMN

装丁　原条令子デザイン室

本文イラスト　相澤いくえ

序章

# いまなぜ千三百年前の歌を学ぶのか

万葉集って、どんなイメージですか？

古典の授業で習った難しいやつ。とりあえず教養高そう。読んでもよくわからない。古いところに埋まった作品のように感じるかもしれない。……けど！

万葉集って、実は多様性に満ちた、とても現代的な作品なのです。

万葉集は歌集なので、和歌を収録しています。「和歌」といえば「ああ、今日も桜がきれいに散っていることであるよ」なんてよくわからない現代語訳が思い浮かぶかもしれない。古典の授業で習う、いわゆる「風流」な文化。和歌＝風流。でも、「風流」を「映え」とか、「エモい」と言い換えてみたら、一気に距離も近くなります。

それに万葉集の和歌で、意外にも「桜がきれいに散っている」ようなことだけを詠んだ歌はほんのわずかです。もちろん景色や季節の風物のみを詠んだ歌もありますが、ほかにも、多様なジャンルの歌が収録されています。たとえば、この本のなかで紹介する「お酒の歌」。全二十巻ある万葉集の、三巻目に載っている歌。

あな醜賢しらをすと酒飲まぬ人をよく見ば猿にかも似る　（巻三・三四四）

この歌を現代語訳してみると、こうなります。

「まじでアホ！　賢いと思って酒飲まない人をよく見ると、サルに似てるよ！」

万葉集、お酒を飲む人、全肯定！

万葉集には「宴会しながら詠んだ歌」がたくさん出てくるのです。そういえば元号「令和」の元ネタになった題詞（歌の「序文」のようなもの）もまた、梅を見る宴会のことを述べたものでした。しかもお酒を飲む人がサルと言われるならともかく、お酒を飲まない人がサルって。

万葉集、意外に口が悪いと思いません？

で、この歌には面白い裏話があるのですが……それは本編をぜひ読んでください。

こんなふうに万葉集には、一般的にイメージされるような、いわゆる「風流」な歌だけではなく、もっと多様で、バラエティに富んだ歌がたくさん載っています。ではなぜ一般的にイメージされる和歌とちがうのか。それは万葉集が奈良時代に詠まれた歌を集めているからです。

平安時代やそれ以降の「和歌ってこうやって詠むものだ」とルールが設定された時代とは一味

ちがう歌が収録されている。奈良時代は、まだ和歌のルールを作っていく段階。なので、歌の内容も形式も、幅が決められていないがゆえに、多様なのです（むしろ、ルールが作られていく過程を見られるのが、万葉集を読む楽しみでもあります）。

だから、奈良時代の歌と平安時代の歌は、テイストがちょっとちがう。

だけどたとえば学校の古典の授業で、奈良時代と平安時代の和歌のちがいなんて、説明しはじめると混乱させちゃうでしょう。だからとりあえず、平安時代の和歌とひとまとめにして、奈良時代の和歌もだいたい同じだよーと教えちゃう。あるいは「万葉集にはおおらかな歌が多いです」と終わらせちゃう。おおらかってなんやねん。

が、しかし、そんなのもったいない！

なんとなく和歌ってこういうもんでしょ、と雑に捉えるだけじゃなくて、万葉集にしかない、深くて広い世界をちょっとでも見てほしい。だってそこには和歌が少しずつ生み出されてゆく過程があって、そして現代の私たちにも通じるような感覚が詠まれているから。

平安時代のようなルールのはっきり決まっていた時代よりも、奈良時代のようなルールを作ってゆく時代のほうがむしろ現代の私たちにとって身近かもしれない。現代みたいな、「私たちのルールをどう作っていこう？」って皆が問いかけている時代に、万葉集はむしろフィットする、と。逆説的ですが、奈良時代の歌を、いまこそ読む意味がある。私はほんとうにそう思っています。

と、いうわけで、一緒に奈良時代の和歌を、もぐもぐ食べるように解釈して読んでみましょ。

## 万葉集には人生が詰まっている

ふたほがみ悪(あ)しけ人なりあたゆまひ我がする時に防人(さきもり)に差す

(巻二〇・四三八二)

「本当に悪いやつだよ、急病人の俺を九州に転勤って(決めやがって)……」。つまりは、九州に行かねばならない「防人」(北九州で外敵の防衛にあたった兵士)の役職に、自分が急病して休んでいる間に決められてた! いやなやつ! という歌。(※「あたゆまひ」が何を指すかはっきりとわかってはいません。急病人って意味じゃ? と言われているのでそう訳しときます)。

万葉集にはしばしば仕事や生活の愚痴も歌になっておさめられています。今回みたいに転勤の愚痴を言うこともあるし。働きすぎて家に帰れないことを嘆く歌もあります。転勤って、万葉集の時代から、サラリーマンの永遠のテーマだったんですね……。

この本では、ほかにも、不倫の和歌や、失恋の和歌、ごはんの和歌、親しい人との別れに際しての和歌、はてはダジャレや下ネタの和歌にいたるまで、万葉集の多様な世界について語りました。

私は大学院で万葉集を研究していたのですが、実は、万葉集がもともと特別好きだったわけではないのです。大学ではじめて、万葉集の特異さ、というか「変さ」に気がついた。さきほど言ったように、百人一首が作られた時代の和歌と、万葉集の時代の和歌はちがう。万葉集って面白いな、なんか変だな、と思うようになったんですよ。

そして感じたのが、「千三百年前なんて遠い昔かと思いきや、そこで描かれているのは、私たちと同じ感情で動く人たちの文芸なのだ」ということ。

読んでるうちに、どんどん、こんな感情で詠んだ歌かな、こんな背景で詠んだ歌かな、と妄想が膨らんでくる。

だって考えてみれば、和歌を詠んだ奈良時代の人々も、当たり前ですが和歌を詠むだけで生活してたわけじゃなかった。仕事してごはんたべて恋をして寝て、そして和歌を詠んでいた。

むしろ和歌は生活の慰みで、大半の人生においては、泣いたり笑ったり、和歌を詠んでいない時間のほうが多かった。

そのなかで詠まれた和歌は、私たちが生きる人生そのものみたいに、多様な感情と表現が詰まっている。読めば、何とか想いを伝えようとした人々の等身大の姿が生き生きと浮かんでくる……。

そろそろ本編に入りましょう。奈良時代から繰り下がること千三百年。最近はしばしば「やっぱり他人の価値観を認めて、多様性を受け入れることって大切」と聞くことが増えたように感じます。

だけど言うは易く行うは難し、多様性を認めるって聞き心地はいいけど、実際に行動するのはむずかしい。

ならば奈良時代の人たちが見ていた多様性、万葉集の人々の生き様、見てみましょう。

この本では、私がまずあなたに読んでほしいと思った歌と、私の趣味でつけた「関西弁」のおおざっぱな現代語訳、そしてどういう意味かをわかりやすくかみ砕いた解説を載せています。

現代の私たちができないことでも、奈良時代の人たちなら、さらっとできてることもある。逆に、変わらないなーと苦笑することもある。

巧みな言語化に共感してしまう箇所があれば、それはないやろとツッコミを入れたくなる箇所もある。

私たちのいまをつくる地面の下、ずっとずっと深いところにある彼らの読んだ、詠んだ歌を、掘り起こして読んでみましょう。

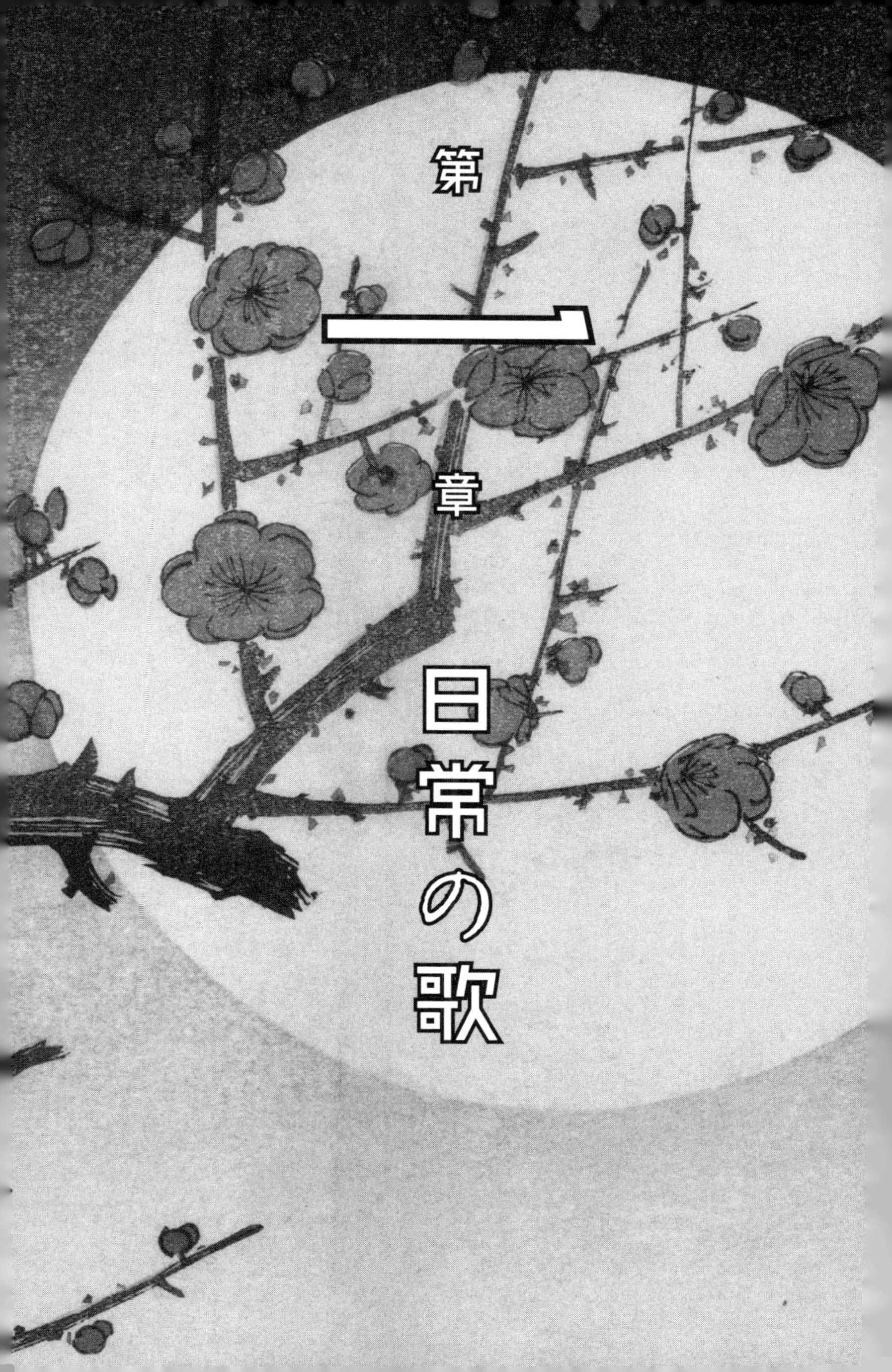
第一章
日常の歌

# ふらふらする娘を心配する母の歌

速川（はやかは）の瀬に居（ゐ）る鳥のよしをなみ
思ひてありし我（あ）が子はもあはれ
（巻四・七六一）

早川の川瀬に立つ鳥みたいに、
足を取られそうな我が子が心配や

大伴坂上郎女（おおとものさかのうえのいらつめ） 作

万葉集には、様々なテーマの歌がある。恋愛や仕事のことを詠んだ歌もあれば、天皇を讃える歌もある。その中でとくに私たち現代人に近い感覚を詠んだ歌といえば、「家族」の歌。

たとえば、今回の歌に入る前に、こちらの歌。

言(こと)問(と)はぬ木すら妹(いも)と兄(せ)ありといふをただ独り子にあるが苦しさ　（巻六・一〇〇七）

喋らない木ですら兄妹がいるのに。
一人っ子でいる苦しさったら

一人っ子の寂しさを詠んでいる歌ですが……現代の一人っ子のつぶやきであっても違和感がないほど、普遍的な感情だなぁ、と私は思う。

今回ご紹介する歌は、ある母から娘に贈られた和歌。大伴坂上郎女という歌人が、娘の坂上大嬢(さかのうえのおおいらつめ)に贈った歌なのだ。

ちょっと説明すると、大伴坂上郎女は、万葉集に登場する女性歌人のなかでいちばん多くの歌が掲載されている歌人。あとは万葉集編纂者かと言われている大伴家持（おおとものやかもち）の育ての母なのでは？　という説もある。

ちなみに「令和」ゆかりの和歌を詠んだ大伴旅人（おおとものたびと）の異母妹であり、大伴家持の叔母（旅人と家持って誰、と思った人も大丈夫。あとで紹介するから待っててください）。

彼女はとても歌のうまい人。日本和歌史のお母さんのような存在。

どんな人だったかは後ほどたっぷり語るけれど、彼女が詠んだ恋の歌も、家族の歌も、いろんな歌が万葉集には掲載されている。

そんななかで、娘に贈った歌が今回の和歌。

ちなみにこのときは「大伴坂上郎女、竹田の庄（たどころ）より女子（むすめ）大嬢に贈る歌二首」という題詞（だいし）つきで、二首載っている（※歌の右側についている、歌についての注釈や説明のことを「題詞」と言います）。

一方は今回の歌、もう一方は、

うち渡す竹田の原に鳴く鶴（たづ）の間なく時なし我が恋ふらくは　（巻四・七六〇）

広い竹田の原っぱに鳴く鶴みたいや。
ずっとうちはあなたを想うわ

という歌。

竹田という土地は、今で言う奈良県の橿原(かしはら)市のあたりで、大伴氏の荘園があったところ。一首めで、「今私がいる竹田の荘園でずっと鳴いている鶴みたいに、首を長くして、私はずっとあなたのことを想っているのよ」とお母さんらしい手紙を贈ったあと、もう一度鳥を持ち出して、「鳥が川の瀬で足を取られそうになっているみたいに、ふらふらっとしてそうなあなたが、なんだか心配だわ〜」と言う。

普遍的な母の手紙だ。

このまま現代の、大学進学で実家を離れた娘に母が送るＬＩＮＥにしても、ぜんぜん違和感がない。

いつの時代も母は心配性。というか、母からすれば、時代を問わずみんな娘はふらふらしているように見えるのだろう。

こうして歌を読んで、ふっと歌集から顔をあげると……奈良時代、つまりは千三百年前の母娘のやりとりが、歌集に掲載されて私たちに届けられているのも、なんだか不思議な感じがする。「家族」の距離感や感情というのは、時代や風習が変わっても、いちばん変わらないものなのかもしれない。

とくに親子のなかに生まれる感情は、千三百年前と今で、社会のシステムは変わっているはずなのに、あまりちがいが見えない。と、万葉集を読んでいたら、思う。親密な関係は時代を超えてもあまり変わらない。

不思議である。何もかもちがうのに、家族の感情は変わらないんだとしたら、ちょっと人間の進歩のなさに苦笑してしまう。なんのための進歩だ、と笑ってしまいそうになる。

# キラキラネームの起源は万葉集にある？

たらちねの母が養(か)ふ蚕(こ)の繭隠(まよごも)り
いぶせくもあるか妹(いも)に逢はずして
（巻一二・二九九一）

母ちゃんの飼う蚕(かいこ)が
繭(まゆ)にこもるみたいや。
塞ぎこむわ、きみと会えへんから

作者未詳

「あれ、もしかして万葉集ってそんなに難しい本じゃないやつ？　意外と簡単に読めるのでは⁉」

そう思って、訳されているものじゃなく、原文を手にとって、さあ読むぞ、と意気込んだとき。

愕然(がくぜん)とするのが……、万葉集が、漢字ばかりで書かれていて、めっちゃ難しそうなこと。

えっ、読めない。

はい、あなたは昔の私ですか⁉　そうなんです、読みづらいんですよ万葉集の原文。

なぜなら漢字ばかりなので。

たとえば、これを見てほしい。

　あかねさす紫野(むらさきの)行き標野(しめの)行き野守(のもり)は見ずや君が袖振(そでふ)る
（巻一・二〇）

「あ、なんか聞いたことある和歌だ」と思ったあなたは、おそらく古典の授業を真面目に受けていた方……。これは万葉集のなかでもとくに有名な歌で、だいたい古典の授業に登場する。

さてこの歌についての解説は後ほどする予定だから、詳しくは語らないのだけど（ぜひ87ページを読んでほしい）。見てほしいのは、こちら。

茜草指武良前野逝標野行野守者不見哉君之袖布流

はいこれが、原文！　万葉集に載ってる「あかねさす〜」の歌は、こっちが本当なのである。よ、読めない、と困惑。でもよく見ると、たとえば最初の「茜草指」は、「あかねさす」。茜草＝あかね、指す＝さす。次の「武良前野逝」は「武」＝「む」、「良」＝「ら」、「前」＝「さき」、「野」＝「の」、「逝」＝「ゆき」。ほら、ちょっと読めるような気がしてきません？

こういう表記のことを「万葉仮名」というのだけど、万葉集の時代には、まだひらがなすら発明されていなかった。公的文書で使われるのは漢字。だから和歌も、漢字で綴られた。漢字を使って日本語を綴る、というアクロバティックなことをやってのけていた（もちろんアクロバティックに見えるのは現代の私たちだからであって、昔の人にとっては普通のことなんだけども）。

私たちがいま、まず万葉集を読もうと思ったら、この漢字で書かれた状態の和歌を、ひらがななとして読みなおさなければならない。しかしさすがに研究者でもない人にそんなことを要請するのは心苦しい、というわけで、ほとんどの一般書や国語の教科書には、ひらがなに直したバージョンが載っている。

でも漢字で書かれた万葉集は、いまだに「なんて読むのこれ」と研究者ですら当惑している事例が多々ある。万葉集を研究する人々は、日々「この歌のこの箇所は、こう読むのでは⁉」という発見と考察を繰り返し、論文を世に送り出している。


さて漢字でひらがなを表す、というと、現代でわかりやすいのが「名前」。

たとえば私は「三宅香帆」と書いて「みやけかほ」と読ませるのだけど、「宅」に「やけ」という読み方はない。だけど「三宅」と書けば「みやけ」と読むことができる。なぜって、そういうふうに決まっているから。「香帆」も「かおりほ」と読むことができるけど、なんとなく「かほ」であることは察しがつく（と思う）。こんな感じで、万葉集の時代も、漢字をひらがなの読み方で読んでいた。

すると面白いのが、俗にいう「キラキラネーム」的な手法が登場することだ。

キラキラネームとは何か。たとえば、「泡姫」と書いて「ありえる」ちゃん、「宝冠」と書いて「てぃあら」ちゃん、といった名前を一般にキラキラネームと呼ぶ（どちらもインターネットでキラキラネームと検索したら出てきたのだけど、ものすごく可愛い名前でうらやましい）。

漢字の一般的な使い方じゃないけど、漢字から派生した意味や語彙（ごい）から読み方を決定する手法。それがキラキラネーム。

私個人としてはキラキラネーム、親御さんの気合が見えて素敵だなーと思うのだけど、ここで言いたいのはそういうことじゃなくて、万葉集にも「キラキラネーム」的発想が存在していた！　という話だ。

こちらを見てほしい。

若草の　新手枕（にひたまくら）を　まきそめて　夜をや隔てむ　二八十一あらなくに

（巻一一・二五四二）

（若草乃　新手枕乎　巻始而　夜哉将間　二八十一不在國）

はい、この傍線部のところをご覧ください。これ、何て読むか、わかります？

「二八十一」。たぶん五・七・五・七・七のリズムで、「あらなくに」で五音使っちゃってるから、二音か三音くらい。にひゃくはちじゅういち、じゃオーバーしちゃう。

正解はこちらだ。

若草の　新手枕を　まきそめて　夜をや隔てむ　憎くあらなくに

「にくく」！　なぜ「二八十一」を「にくく」と読むかといえば……小学校の頃に習ったアレを、思い出してほしい。

ほら、アレ。九九だ。

八十一＝九九＝くく。

「二」＝「に」、「八十一」＝「くく」。

……だじゃれか!!　とツッコミたくなる。

万葉集、こういうことするんだよな。だじゃれ大好き万葉集。こういう、普通とはちがった漢字をあてて読ませることを、「戯書（ぎしょ）」って言ったりする。たわむれ（戯）は遊びってことですね。

ほかにもこんな読み方がある。「八十一里喚鶏」と書く言葉（巻一三・三三三〇）。どう読むのかといえば「くくりつつ」（括りつつ）。

「八十一」＝「くく」、「里」＝「り」、「喚鶏」＝「鳥を呼ぶ声」から「ツツ」である。鳥を呼ぶとき、ツツツ……って言うでしょ。あれだよ。完全に漢字で遊んどるやんけ。ツツツ、だからつつって読ませよう、と。

というわけで、万葉集の漢字と読みの関係を見ると、ちょっと発想がキラキラネーム的なのだ。「泡姫」を「ありえる」と読ませるのは、「泡に溶けていった姫＝人魚姫＝アリエル」という文脈が私たちにわかるからだ。

それと同じで、当時の人に「鳥を呼ぶ声はツツだな」って共通理解があったからこそ、こういう変わった読みを与えることができた。

文字とは、私たちにとっては変わらない、普遍のもののように思えるけれど、ところがどっこい時代の共通理解によって遊びの余白も増える。

最後に紹介する漢字遊びはこちら。

垂乳根之　母我養蚕乃　眉隠　馬声蜂音石花蜘蟵荒鹿　異母二不相而

（巻一二・二九九一）

はい、傍線部、わかるかな。「いぶせくもあるか」と読む。

馬の声＝イ（今は「ヒヒーン」が王道だけど、この時代はハ行音がちょっといまとはちがったのでイ、と読ませている)。蜂の音＝ブ。「石花」＝「カメノテ」という甲殻類の古名のセ。蜘蛸＝蜘蛛＝クモ。荒＝アル。鹿＝カ。

ぜ、ぜんぶ動物関係の漢字!! 遊んでるとしか思えない。万葉集、おちゃめ!

ちなみに歌は「たらちねの母が養ふ蚕の繭隠り　いぶせくもあるか妹に逢はずして」。意味は「お母さんが飼ってる蚕が繭にこもるみたいに、あなたが部屋にこもってるように見える。私はあなたに会えなくてさみしい、切ない……」と。つまりは、母が娘にブロックをかけているがゆえに、彼氏が会いにいけないよ〜と嘆く歌。母親に隠されている娘のことを、「繭ごもり」と表現している。

「いぶせくもあるか」は「気分がふさぎこんでしまう」という意味で、「妹」はこの時代の男性から女性への二人称(つまり「あなた」という意味)。

あなたと会えないから、ふさぎこんでしまう。なぜならお母さんが蚕を飼っているみたいに、会わせてくれないから……。当時、「通い婚」つまりは男性が女性の家へ通って結婚生活を送るのが普通だった。そんな時代、きっと現代以上に「女性の家族の反応」が恋路に影響を与えたのだろう。お母さんのお許しが出ないのに、会いに来るほど強引な男性はなかなかいないだろうし……。「いぶせく」なってしまうのも仕方ない。

前項でも娘を心配する母のＬＩＮＥ……じゃなかった、和歌がありましたが。この歌の表記が、すべて生き物になっているのも、基本は遊びなんだろうけれど……母の娘ブロックという動物全体にあまねく真理を詠んだから、なのかもしれない。まあ、万葉集の時代の人はそんなこと考えてないかもしれないが、なかなか楽しい偶然だ。

# 天皇のナンパと女性の作法

雄略天皇（ゆうりゃく）作

籠（こ）もよ　み籠（こ）持ち　掘串（ふくし）もよ　み掘串（ぶくし）持ち　この丘に　菜摘（なつ）ます児（こ）　家聞かな　名告（の）らさね　そらみつ　大和の国は　おしなべて　われこそ居（を）れ　しきなべて　われこそ座（いま）せ　われこそは　告らめ　家をも名をも

（巻一・一）

なあなあ、そこの籠（かご）とスコップを持ってはる彼女！　俺の丘で草摘んではる彼女に聞いとんのや！　自分、家はどこにあるん？　名前なんていうん？　いやー、このすんごい大和の国を治めとんの俺やで。隅々まで俺が治めてるんやで。まあ俺が先に名乗ろか、住所も名前も。

これが記念すべき万葉集のいちばん最初の歌。全二十巻、四五一六首もある歌たちの、いっちばん最初の歌だ。ファンファーレでも鳴りそうなテンションの高い歌である。

……が、歌を読んだだけでは、どこがどうテンション高いのか、わからないかもしれない。でも難しく考える必要はまったくない。だってこの歌、言ってしまえば、ナンパの歌だ。そう、作者（とされる。実際に作ったかどうかは置いておいて）の雄略天皇が、野原で菜を摘む女の子をナンパしている歌である。

当時は、名前を問われる＝求婚された！　という図式が適用される時代。女性はオッケーしたくても「一度は拒否する」というのが慣習だったらしい。

つまり、この歌のなかでも、最初の「家はどこなの、名はなあに？」あたりまではやわらかく求婚している。だけどそれに対して、女の子はおそらく口をつぐんだ（そういう風習なので）。すると天皇はうってかわって、「俺はなー！　この大和の国をなー！　ぜんぶ治めとんやでー！」と勢いを変える。そして、そのすえに「いやもう俺が先に名乗ったんでー！」と豪語する。

そのすえに、ふたりはゴールイン。めでたし、めでたし。……という、天皇とその土地の娘の結婚を詠んだ歌だ、万葉集という歌集のはじまりの歌だった。

一見ナンパの歌だが、天皇の婚姻、という題材を見るに、これからつづく天皇の時代やこの国の未来に対する、寿（ことほ）ぎの歌（祝福する歌）だったことがわかる。

ちょっとだけ歴史のお話をしてみると、万葉集のもっとも古い時代は、舒明（じょめい）天皇（在位六二九〜六四一年）の時代あたりだ。だけど今回みたいに、仁徳（にんとく）天皇〜推古（すいこ）天皇（五世紀〜七世紀初め）の時代の歌も、少しばかり収録されている。雄略天皇は五世紀後半に即位したので、だいぶ昔の人、という印象。

ちなみに今回紹介したのは二十巻中巻一の巻頭歌だけど、巻二の巻頭歌も、磐姫（いわのひめ）皇后という仁徳天皇の奥さんの歌になっている。これがまたなかなか磐姫皇后も嫉妬深いおねーさんで、詠む歌は面白いのだけど、説明するとちょっと長くなるので省略。

面白いのが、ここまで昔の時代の人物ともなると、奈良時代後半（つまり実際に万葉集を編纂した人々がいたであろう時代）においては「この天皇はこんな人物だった」というイメージができてくること。

たとえば雄略天皇といえば、男らしくて、猛々しい男性のイメージ。今回の歌も、男性がどど一んと貫禄を持って詠んでいるような歌なので実際に詠んだかどうかよりイメージが重視されて収録されている。

ぶっちゃけ、この歌も、雄略天皇が実際に作った歌である可能性はわりと低い。雄略天皇が作った歌を万葉集に載せた……というよりは、雄略天皇が詠んだとされる伝説の歌を載せた、という可能性のほうが高い。伝説の人物の歌、っていかにも歴史のなかで誰かが創作しそうな話でしょう。おそらく、どこかで作られた歌が、雄略天皇という「男らしいキャラ」にぴったりだったからあてがわれたんだろう、と考えられるのだ。

意外と万葉集には、こういった「本人が作ったんだか、作ってないんだかよくわからない歌」が多い。でもそれが可能なのは、雄略天皇のイメージが当時みんなに共有されていたから。

さて背景知識の話はここまでにしておいて、歌をちゃんと読んでみると、意外に難しい……というか研究者泣かせな歌なのだ。なぜなら、なかなか「読み方」が確定しないから。

たとえば最初の句。万葉集の原文には「籠毛與美籠母乳」と綴られている。でもこれだけじゃ日本語としてふつーは読めない！

今回、本書では「籠（こ）もよ　み籠（こ）持ち」と読んだ。これが今の一般的な解釈だし。だけどこう読むようになったのは、ごく最近になってから。ねえびっくりしません？　千三百年間読まれてきたのに、こんなに読み方すら定まっていない、って。

平安時代に作られた万葉集の写本では、「こけよ（み）ろもち」とふりがなが振られていた（「毛」を「け」と読みたくなるセンス、共感したい）。

あるいは江戸時代の国学研究者である賀茂真淵（かものまぶち）は「かたまもよ　みがたまもち」（『万葉考』）と無理やり読んだ。やはり苦労したんだなァとわかる。うーん、平安時代や江戸時代のすごく賢い研究者ですら万葉集の巻頭歌の「読み」を特定することは困難だったわけである。

だけど今こうして、「だいたいこのあたりの意味かな〜」とぼんやりわかっているのは、万葉集研究の成果が積もりに積もっているからだ。


今この本で紹介していたとしても、もしかしたら新しい発見があって、明日には別の解釈が生まれているのかもしれない。

でもそれが面白い。むかーしむかしに書かれたものなのに、そこに新たな発見があって、また研究が進んでゆく。そして現代に帰ってくる。むかしの人の解釈に近づいたりもする。

万葉集に内包された、さまざまな可能性とつややかな魅力が詰まっているのが、この巻頭歌なんだよ……と言うのはかっこつけすぎだろうか。

# ざぶとん一枚あげたい だじゃれ歌

長忌寸興麿　作

さし鍋に湯沸かせ子ども櫟津の檜橋より来む狐に浴むさむ

右の一首は伝へて云はく「一時に衆集ひて宴飲しき。時に夜漏三更にして、狐の声聞ゆ。すなはち衆諸興麿を誘ひて曰はく『この饌具、雑器、狐の声、河、橋等の物に関けて、ただ歌を作れ』といひき。すなはち声に応へてこの歌を作りき」といふ。

（巻一六・三八二四）

鍋に湯を沸かせてくれや、きみら。

櫟津（いちひつ）の檜橋（ひばし）からコン（来ん）狐を、鍋で煮ようや！


右の一首は、伝え聞いたところによると、「あるとき、たくさんの人が集まって宴会をひらいた。真夜中に狐の声が聞こえた。皆が興麿に『調理器具や家具、狐の声、川、橋なんかのものについて、ちょっと歌を作ってみてよ』と言った。その言葉にこたえて、興麿はすぐにこの歌を作った」という事情があった。


今も昔も、その場でちょっと気のきいたことが言える人は、人気者になる。

「うまいっ」と返したくなる、「ざぶとん一枚～」だなんて言いたくなることを、宴会でさらりと言える人は、みんなから重宝される。

ほら、重宝されたすえに、長忌寸興麿なんて、千三百年後にまで残ってしまった。

いろんな歌が載っている万葉集。

今回なんて、ひどい。どんな歌かといえば、「ほーらやってくる狐を鍋で煮るぞー！　みんな、お湯沸かせー！」と言ってる和歌である。こんな題材、和歌になるのかとツッコみたい。

狐を煮るなんてひどい、狐かわいいのに！

……と、言いたくなるけれど、実際に狐を煮るためのお湯を沸かしたいと思って、彼（興麿）はこの歌を詠んだわけではない。誤解。彼（興麿）のために解説したい。

この歌は、左側にある注に書かれている通り、（こういう注を、一般に「左注」と呼んでいる。読み方は「さちゅう」）「宴会で『ねえ興麿、ちょっとこんな歌をひとつ詠んでみてよー！』とみんなに言われて」詠んだ歌である。

どんな歌かといえば、「ここにある食器やら調理器具やら狐やらを、歌のなかに詠み込む」というのがオーダーの歌。見てみると、

・さし鍋（つぎ口と柄のある鍋のこと。要はお鍋）

→鍋だから「調理器具」クリア。

・櫟津（いちひつ。狐が渡った橋のある土地のこと。今で言うと大和郡山市から天理市のあたりにあったとされる（『万葉代匠記』にそう書いてある）実在の土地名です）

→ひつ＝櫃＝衣装や財貨をおさめるタンスみたいなもの。よって「家具」クリア。

・檜橋　（ひばし。川にかける、檜でつくった頑丈な橋）
　→「河」「橋」クリア。
・来む　（こん、と読みます。古典の文章だと文末の「む」は「ん」って読むこと、思い出しました？　助動詞ってやつですね）
　→狐の鳴き声「コン」で、「狐の声」クリア。

おお、ちゃんとぜんぶ入れて詠んでる！　すごい興麿。

しかも今回ちょっと面白いのが、立派な橋を、狐がこんこんと鳴きながらやって来てること。狐にしてはえらそうじゃないか。ほーら、熱湯をぶっかけてやろ……と、宴会の場であれば笑ってしまうような歌に仕上がっている。

歌の意味も面白いし、ちゃんとオーダーすべてクリアしている。お上手。

ざぶとん一枚、と言いたくなる。


万葉集の時代、だじゃれを使って歌で遊ぶことはよくあった。宴会で歌を詠む、という風習があったからか、他人を笑わせようとする意図が見える和歌がたくさんある。

千三百年前のこんな遊びがいまに残ってる日本って平和だったんだな、としみじみ思う。いまの私たちの言葉遊び、いや、だじゃれも後世に残るだろうか。

# 暴言もユーモラスにひと工夫

大神朝臣奥守(おほみわのあそみおきもり)が報(こた)へ嗤(わら)ふ歌一首

仏造るま朱(そほ)足らずは
水溜まる池田の朝臣(あそ)が
鼻の上を掘れ

（巻一六・三八四一）

仏に塗る赤色が足りないときは、
池田さんの鼻の上を掘ってな！

池田朝臣(いけだのあそみ)作

これから紹介するのは、だじゃれで詠まれた「暴言」の歌たちだ。

まず今回の歌は、左の歌の返事として詠まれたものである。

池田朝臣、大神朝臣奥守を嗤ふ歌一首［池田朝臣が名は忘れ失せたり］
寺々の女餓鬼（めがき）申（まを）さく大神の男餓鬼（をがき）賜（たば）りてその子孕（はら）まむ
（巻一六・三八四〇）

寺々の女餓鬼が言ってるで。

大神の男餓鬼の子どもを産みたいんや、って

一体なんの話かわかるだろうか。

池田の朝臣さんと大神の朝臣さんが、お互いの体について笑い合う言葉を、和歌にしているのである。

体型いじり、あるいは見た目いじり。

一方的にいじられていたり、揶揄（やゆ）されていたりするのを見るのは、楽しくない。しかしお互

いに、対等にいじってるのを見るのは、素直に笑える。というか、安心感がある。

万葉集にはたくさん「贈歌」が収録されている。贈歌とは、あるふたりのやりとりの和歌のこと。「池田さんがこんな和歌を贈ったよ！」それに対して、「大神さんがこんな和歌を返したよ！」と、そのまま和歌を載せてくれるのである。

ツイッターのタイムラインに、個々人のつぶやきも載っているけれど、それと一緒に、会話のやりとりも載っているのと同じ。恋人同士、友人同士、仕事の同僚など、いろんな和歌のやりとりを見られるのは、万葉集を読む愉しさのひとつだ。

考えてみれば、千三百年前の人々の会話が読めるのだ。私たちの現代でのＬＩＮＥ履歴を、千三百年後の人が読むようなもの。そりゃちょっとは読むための知識はいるけど、絶対楽しい。


今回ご紹介するのが、「池田朝臣」さんと「大神朝臣奥守」さんのやりとり。

ちなみに左注（覚えてますか？　歌の左に載ってる、歌が詠まれた事情、あらすじや解説みたいなとこですよ）は「実はこんな背景があって詠まれた歌なんだよ〜」と長めに説明するのに対して、題詞（※歌の手前、右側に載っている、和歌についての説明のことでしたね？）は「この人が詠みました」とだけシンプルに書いてあることが多い。

題詞に続いて、「[池田朝臣が名は忘れ失せたり]（訳：池田朝臣の名前は忘れちゃったよ！）」と、いささか「てへぺろ」とでも言いたげな注がついているのは、「大神朝臣奥守」に対して「池田朝臣」としか書かれていないことへのフォローだ。

で、歌に入ると、大神朝臣はおそらく痩せた男だった。池田朝臣はそんな大神朝臣の体型をからかって、お寺の「餓鬼」からあなたはモテるよ、と言った。貪欲の戒めとして置かれていた餓鬼はやせこけた像だから。

返したのが、赤っ鼻の池田朝臣に対して「仏像に塗る赤色は、池田さんの鼻からとっておいで～」という歌。

おそらく鼻を朱色の絵の具を載せたパレットとして見立てているんだろう。

これ、単に赤い鼻をからかった歌でもあるのだけど、たとえば、前の歌が「寺」の女餓鬼の歌だったから、返歌にはちゃんと「仏」を入れる、とか。「池田」という名前に対して「水溜まる」という枕詞（まくらことば）（50ページを見てください）を持ってきたり、とか。そんな工夫がさらりと凝らされている。

からかわれても、その一方で、うまいこと言うやん、と笑ってしまいそうになる池田さんの顔が見える。

こんなふうに、お互いを笑い合う、仲のよさが見えるような歌が万葉集にはたくさん収録されている。万葉集には、「笑い」が文学作品として残り、後生まで伝わっているのだ。

# 腋毛と鼻で笑いあう

平群朝臣（へぐりのあそみ）作

平群朝臣（へぐりのあそみ）が嗤ふ歌一首
童（わらは）ども草はな刈りそ八穂蓼（やほたで）を穂積（ほづみ）の朝臣（あそ）が腋草（わきくさ）を刈れ

（巻一六・三八四二）

こどもたち、草は刈りなや。
刈るなら、穂積さんの脇草を刈るんやで

前項から引き続いて、今回のテーマはこちらである。

「脇の毛」。

どんなテーマやねん、とツッコミを受けそうだけれども。ちゃんと万葉集に載っているのだ。

今回の歌は、子どもに「草を刈るなら穂積さんの脇毛を刈りや～」と呼びかける歌。まあ穂積さんには脇に毛がたくさん生えているんだろうか、彼の脇を「脇草」と呼んでいる平群さん……。

完全にからかっている。ちなみに、題詞にはちゃんと「平群朝臣が嗤ふ歌一首」と書かれてある。笑って詠んだ歌、つまりはこちらも相手をいじろうとして贈った歌になっている。

一見わかりやすい歌なんだけど、よくわからない箇所があるとすれば、三句目と四句目の「八穂蓼を　穂積の朝臣が」の部分。この「八穂蓼を」は現代語に訳していない。なぜかといえば、「八穂蓼を」は、枕詞（まくらことば）だから。

枕詞。ある語句の前に、形式的にくっつける慣用表現のこと。たとえば「あかねさす」の枕詞は「紫」にくっつく、と決まってる。「ぬばたまの」は「黒」にくっつく。そうやって調子を整えるため、あるいは歌の雰囲気を作るためにあるので、基本的にはきちんとした意味がある言葉じゃない。だから現代語訳すると「〜ではないが」みたいな、ヘンな訳になっちゃう。

ほら、現代のＪ-ＰＯＰだって、歌詞の調子を整えるために、あんまり意味のない言葉を付け加えることがあるじゃないですか。枕詞も、似たようなものだ。

今回も「八穂蓼を」が「穂積」の枕詞になっている。「八穂蓼」というのは、摘んでも摘んでも次々と穂を出す蓼（たで）のこと。蓼って、「蓼食う虫も好き好き」の蓼（植物の名前）ですよ。食べると辛いらしい。

「穂積」の、「穂を摘む」という音との類似から、「八穂蓼の穂を摘む、じゃないけれど、穂積さんは……」というふうに、調子を整えるために使われている。わかりづらいから現代語訳には入れなかった。脇毛に関係ないし！

さて、今回の歌に対する返歌は、さきほどのページで紹介した三八四二番の「赤い鼻」の歌に似ている。こちらもご紹介しよう（ちなみに歌につけられたこうした番号を「歌番号」と言いまして、一首ずつ振られている。万葉集って四五一六首もあるから、どの歌のことを指しているのかわかりづらい。だいたいの万葉集関連書はこの歌番号に沿っているので、この本で知った歌をほかの本でも読んでみたいと思う場合は、歌番号を参考にしてみてください）。

穂積朝臣が和（こた）ふる歌一首

いづくにぞま朱（そほ）掘（ほ）る岡（おか）薦（こも）畳（たたみ）平群（へぐり）の朝臣（あそ）が鼻の上を掘れ

（巻一六・三八四三）

赤土を掘る岡はどこにあるんやろ？
掘るなら、平群さんの鼻の上を掘ったらいいで！
（だってあんなに赤いんやからほぼ赤土やろ！）

草を刈るなら穂積さんの脇毛を刈れ～と言ってきた平群さん。お返しに、岡を掘るなら平群さんの鼻を掘れ～と言う穂積さん。赤土を掘るなら、赤い鼻も同じやろ！　と返すこのセンス。ああ言えばこう言う、というか、やりとりとして面白いけれど、コンプレックスかもしれない体型や顔をこんなにいじっていいんかい！　とその仲のよさにツッコミを入れたくなる歌たちである。こんなふうに脇毛だの赤い鼻だので笑ったやりとりが千三百年後の我々に読まれるなんて、彼らは想像していたのかいったい……。

# 賢者たちのとにかくお酒LOVEな歌

あな醜賢（みにくさか）しらをすと
酒飲まぬ人をよく見ば
猿にかも似る

（巻三・三四四）

あほかいな、賢いと思って
酒飲まん人を見ると、
猿に似てると思うで

大伴旅人（おおとものたびと）作

お酒を飲む人と、飲まない人。

今も昔もそこには大きな大きな分断があり、「え、そんなに？」とちょっと苦笑して慄いてしまいそうな溝が広がっている。

飲み会でわーきゃーと楽しそうに騒いでいる人を横目で見ては、お酒を飲む人なんてバカみたい、と思う人がいる。

反対に、飲み会でまったくお酒を飲まない人を横目で見ては、あほらし、なんで飲まないほうが賢いみたいなポーズをとるんだ、と思う人もいるだろう。

そう、今回取り上げる歌みたいに。


今回の歌なんてきわめてシンプル、「お酒を飲まない人、サルに見える！」という歌……。

しかしお酒を飲む人の詠む歌は、これで終わらない。実は、まだまだある。

万葉集には、なんと十三首もの「讃酒歌（さんしゅか）」が掲載されているのだ。

巻三におさめられた「讃酒歌」は、歌群（歌たちのまとまり）の題詞に「大宰帥大伴卿（だざいのそちおほともきやう）の酒を讃（ほ）めし歌十三首」と書かれている。お酒を讃める歌たち、と書いて、讃酒歌。大宰帥大伴卿とは当時、大宰府（※現在の福岡にあった、防衛や外交を行う役所のことです）の長官だった大伴旅人のこと。
しかしお酒を讃えるだけで十三首も歌が詠めるなんて、旅人、どんだけお酒が好きなんだ……とツッコむべきところ。というかむしろ、お酒が好きな人が万葉集の時代から変わらず居続けることに感動する。
讃酒歌には、ほかにこんな歌がある。

価(あたひ)なき宝といふも一坏(ひとつき)の濁れる酒にあにまさめやも
（巻三・三四五）

価値のしれない珍宝であっても、
一杯の濁酒に勝てることなんてないんやで

……宝よりも価値のあるお酒、宣言。

この世にし楽しくあらば来(こ)む世には虫に鳥にも我はなりなむ
（巻三・三四八）

この世で楽しくお酒を飲んで生きられるならば、
来世は虫や鳥にでもなろうかな

……お酒を飲むことが今世のいちばんの楽しみ、発言。

もだ居り(を)て賢(さか)しらするは酒飲みて酔ひ泣きするになほしかずけり　（巻三・三五〇）

黙って賢そうにしているよりも、酒を飲んで酔い泣きするほうがいいはずだ

……酔っぱらいが泣くこと、全肯定、宣言。

お酒の肯定しかしてない……！　どれも「お酒を飲まないでしらっと座っているよりも、お酒を飲んでばかになったほうがいいよ！」といった声が言外に聞こえそうな歌。
しかし。当時、お酒を飲むことをテーマにして詠むことは、当たり前かと聞かれれば、そうではない。

万葉集中に「宴会で詠まれた歌」はすごく多いけれど、「お酒を飲むことそのものを詠んだ歌」は少ないのだ。

では、旅人はなぜ十三首もの「お酒をテーマとした歌」を詠んだのか？

それを考えてみると、「漢詩からの影響」という万葉集の大きな大きな裏テーマが見えてくる。お酒の話から急に壮大な話になるけれど、解説してみよう。

漢詩、つまりは中国の詩。

万葉集は奈良時代の歌集だが、そこには多大なる漢詩の影響が横たわっている。というか、この時代は漢文という中国の文体が使われていたわけだから、自分たちよりも先を行ってる漢詩を無視することなんてできない。むしろ元来のフォーマットはあっちにある。

たとえば一昔前のアーティストが、みなさんビートルズの影響を多大に受けていたように。

漢詩という「最先端の文芸」に学びながら、万葉集の歌人は和歌を詠んでいた。

とくに大伴旅人をはじめとする、「大宰府にいた歌人」（ほかの有名な歌人には山上憶良（やまのうえのおくら）がいる。「貧窮問答歌（ひんきゅうもんどうか）」を歴史か国語の教科書で習った方もいるだろう）は、漢詩をよく勉強していた。大宰府は九州だし、中国と地理的に近く、漢詩や漢文の本がたくさん入ってきたことがその理由のひとつらしい。

たとえば漢詩のなかには、劉伶（りゅうれい）という人が作った「酒徳頌」（酒徳の頌（しょう））（『文選（もんぜん）』四十七に所収）という詩がある。お酒の徳、つまりお酒ってすばらしい！　ということについて詠んだ詩になっている。頌ってのは、神様にささげるために徳をほめる詩のこと。いったいどんな飲んべえが作者なのかと思うけれど。この作者、劉伶は「竹林の七賢（しちけん）」のひとりなのだ。

「竹林の七賢」とは何か。中国の魏・晋の時代、世俗の揉め事を避けて竹林の奥に集まった、七人の文人のこと。文人ってのは賢くて教養のある人々のこと。まあ世俗の政治などに構わず、山奥で自分たちの豊かな教養を耕すことに励んだ賢いひとたち……というイメージの人々だ。

その竹林にこもった七賢のうちのひとりが、「酒徳頌」の作者。

この「酒徳頌」、内容としては、みんなが「酒が悪い」って怒ることを「何言っちゃってんの」と笑う内容である。ほ、ほんとに「七賢」のメンバーなのか？　といぶかしくなるほど、お酒に対する肯定的な意見を詠った詩だ。

ちなみに劉伶は大酒飲みで奥さんが心配すると「オレは自分では断酒できねえ！　神様に断酒をお願いする！」と言いつつそのためにお酒を用意し、やっぱり酔っ払った……というエピソードが残ってるような人だったらしい。お酒ＬＯＶＥだったことは想像がつく。こんなふうに竹林の七賢ってイメージだけだと、悟りきったおじいさんたちのように思えるけれど、作った詩文を見ると「悟り……？」と首を傾げたくなるものも多いのが面白いところだ。

現代の我々からすると「ほんとに七賢なのか⁉」と言いたくなるお酒についての詩文も、万葉集の人々にとってみればお手本とすべき文芸だった。だからこそこの「酒徳頌」、万葉集の旅人が作った讃酒歌の内容にすこし似ているのだ。

讃酒歌のなかに、

いにしへの七(なな)の賢(さか)しき人たちも欲(ほ)りせしものは酒にしあるらし　（巻三・三四〇）

むかしの竹林の七賢でさえ欲したのは、
酒だったんだよ

という歌がある。旅人が「酒徳頌」を踏まえていた証拠となる歌だ。えらい人のお墨付きをもらったから、もうお酒ガンガン飲んでいいよね！　という発想。すごい。今も昔も好きな人は好きなお酒たち。飲みすぎには注意してくださいね。

# 蟹のふりして詠んだ歌

作者未詳

おしてるや　難波の小江に　廬作り　隠りて居る　葦蟹を　大君召すと　何せむに　我を召すらめや　明らけく　我が知ることを　歌人と　我を召すらめや　笛吹きと　我を召すらめや　琴弾きと　我を召すらめや　かもかくも　命受けむと　今日今日と　明日香に至り　置くとも　置勿に至り　つかねども　都久野に至り　東の中の御門ゆ　参り来て　命受くれば　馬にこそ　ふもだしかくもの　牛にこそ　鼻縄著くれ　あしひきの　この片山の　もむ楡を　五百枝剥ぎ垂れ　天照るや　日の異に干し　さひづるや　唐臼に搗き　庭に立つ　手臼に搗き　おしてるや　難波の小江の　初垂を　辛く垂れ来て　陶人の　作れる瓶を　今日行きて　明日取り持ち来　我が目らに　塩塗りたまひ　きたひはやすも　きたひはやすも

（巻一六・三八八六）

難波にある入江の葦（あし）の原っぱで静かに暮らす、私（蟹）を、大君さまがお呼びになった。私なんかが大君さまのお役には立たへんやろ～と落ち着いてても、ひょっとして歌人や笛吹き、琴弾きとか、ちゃんとしたお役目のために呼ばれたんやないやろか、と期待してまうわ。

いや現実にはそのどれでもないやろうけど、とりあえず呼ばれたから宮中に向かおうと、今日か明日かに飛鳥（あすか）から置勿（おくな）、都久野（つくの）にやって来た。そして大君さまに会うべく、宮中に東の門のとこから入った。

大君さまに呼ばれたやつは、馬なら吊り縄、牛は鼻縄をかける。やけど蟹の自分は、紐でしばられた。そんで山からとった楡（にれ）の皮を、五百枚ほど剝いて吊るされた。しかも毎日太陽の光を浴びさせられて、ひからびてから、臼でひかれた。そして瓶に詰められて、今日持ってきた入江のからーい塩たちが、私の目に塗られる。

って、結局、宮中に呼ばれた私は、乾物（ひもの）として食べられてしもたわ……。

蟹に代わって心の痛みを詠んだ歌。

この歌には「蟹の痛み」を詠んだ、とはっきりと左注がついている。万葉集の時代、つまりは奈良時代に人々は「いやー、ふだん何ともなく食べられてる蟹って、かわいそうだよね実は……」と思って歌を詠んでいたのだ。

内容を見ると、笑ってしまう。えらい人が、自分（蟹）のことを呼んでくれたから、もしかして歌人とか笛吹きとか、いい役回りのために呼んだのかと思いきや、実際は干されて食べられてしまった……。

解説すると、この歌は、万葉集には「乞食者の歌」として掲載されている。「ほかいびと」と読むのだけど、縁起のよいことを招くために、歌ったり舞ったり祝言（しゅうげん）を述べたりして巡回する芸人たちのことだ。遊行芸人、というとわかりやすいかもしれない。

つまり、蟹の歌は、お祝いの席でいつも詠まれる歌だった。

「へ？　なんで？　蟹が食べられるだけの歌が？」と思われるかもしれない。

でも実際に歌を見てみると、「今日今日と　明日香に至り　置くとも　置勿（おくな）に至り……」と大君さまのもとへ辿り着くまでの道のりを歌っている。なんでこんな道のりのことをつらつら述べているかというと、これが「寿歌（ほきうた）」という、祝言の歌の形式だからだ。ここまで来るのに、こんな道をはるばる辿ってやって来ましたよ、というのが、天皇への寿歌の形式だったのである。とはいえ万葉集の面白いところは、この「寿歌」の形式を使って、少し毛色の変わったもじり方をしているところ。つまりこの蟹の歌は、「一般的なお祝いの歌の形式を使いつつ、ちょっと変わった方向性から詠んで笑いも取り入れつつ、天皇への奉仕を詠んだ歌」だった……のではないか。あれれ、自分は歌人などとして呼ばれたわけじゃなかったのか！　と言う蟹には、ちょっとした滑稽さが見えるから。

もう一歩踏み込んで考えてみると。実際に芸人がこの歌を詠んだときはいざ知らず、左注には「蟹のために痛みを述べて之を作れり」と注釈を（おそらく万葉集の編纂者が）つけたあたり、少しの皮肉も入っていた……のかもしれない。蟹を、当時天皇に税をおさめていた民衆に重ねてみれば、と考えてみると、そんな解釈も可能だろう。自分たちは税をおさめて干からびる蟹のような存在だよな～と皮肉を言っているとも考えられる。

真相はわからないけど。蟹の歌だって、万葉集には詠まれている。しかも単に蟹の擬人化を歌にした、だけじゃなくて、寿歌のフォーマットに則っていた。

って考えてみると、ほら、万葉集、もっと読みたくなってきません？

深みのある
歌を詠む
泥酔系教養人

# 大伴旅人

大伴旅人（おおとものたびと）、といえば「令和」の出典となった題詞の作者と言われている歌人である。

旅人は漢文に精通しており、万葉集以外にも日本人の漢詩集『懐風藻（かいふうそう）』に彼の漢詩が収録されていたりする。「令和」の出典ともなった題詞でも、漢文の知識がいかんなく発揮されていた。四六騈儷体（しろくべんれいたい）という漢文の文体を自分で使いこなすくらいだ。正直、これまで中国古典を出典としてきた元号において、「まぁ万葉集なら出典にしてもギリギリ大丈夫かな、漢文も題詞や左注として載ってるしさ」と思わせた（かもしれない）のはほとんど大伴旅人の功績といっても過言ではない（と私は妄想する）。彼が漢文をバリバリ読み、そして万葉集に歌が載っていたからこそ「令和」の元号も生まれ、この本の出版話も生まれたのだ。ありがとう旅人！

そんな感謝も述べつつご紹介すると、彼の年齢はだいたいわかっており、六六五年に生まれ、七三一年没。なんと元気に六七歳まで生きていた。長生き。

衝撃なのが、「旅人」という表記は万葉集中いちども登場せず、たとえば書簡（手紙である）には「淡等」と書かれているし、ふつうは「大宰帥大伴卿」「大納言卿」といった敬称で登場している。まあそりゃ役職で呼ばれるのが当時は普通だったんですが。ちなみに『続日本紀』という歴史書には「旅人」「多比等」とあるので、今の表記はここからやってきているらしい。

そんな大伴旅人、政治的にもちゃんとした身分を持っていた。なんせ家が大伴家、名門である。生まれた時期も良かった。大伴家は一時期蘇我氏に圧迫されてたけれども（歴史の教科書に書いてあるね）、父ちゃん（大伴安麻呂）が壬申の乱で挙げた武功から、ふたたびガツンと栄える時代に入っていた。ちなみに旅人自身も、若かりし頃（つっても五十代だけど）は左将軍やら征隼人持節大将軍やらとして活躍し、武将として名を馳せていたらしい。

「えっ大伴旅人って歌人じゃないの!?　そんな体育会系なの!?」と驚かれるかもしれないけれど、万葉集におさめられている彼の作品たちはほとんどすべて大宰府に赴任した六十代のものばかりなのだ。武将として成功をおさめたあと、海外とのやりとりを期待されてか、事実上の左遷だったのか、とにかく彼は老年になってから大宰府に送られた……という話である。実際は和歌の詠み手として大きく後世に影響を与えるようになったけれど。

そんな大伴旅人、漢文と仏教思想の影響を強く受けた作家だった。たとえば先ほど見た歌。

この世にし楽しくあらば来む世には虫に鳥にも我はなりなむ　（巻三・三四八）

この世でお酒飲んで楽しかったら、来世では虫にも鳥にも俺はなるでえ

……ふつーに読んだら酔っ払いの歌である。こちら、お酒大好きな歌群があったことをご紹介したけれど、そのなかの一首だった。「楽しくあらば」とあるけれど、これはお酒を飲んで楽しくなるということ。実は奈良時代の「楽し」という言葉は、お酒を飲んで楽しくなる、宴会で楽しい、という意味でほとんど使われていたのですよ。

が、しかし。こんなただの酔っ払い〜な何気ない一首にも、仏教思想が反映されている。「虫に鳥にも我はなりなむ」の箇所。

実は仏教の経典には、「酒は不善諸悪の根本」（涅槃経（ねはんぎょう）より）とあったり、お酒を悪いものだ

とする思想が一部にあった。そのなかで「悪いことをしすぎると来世ではその報いとして鳥や虫になる」という考え方が存在していたのだ。鳥や虫に失礼な話だけど、この仏典の知識があってこその和歌なのである。要は、そんな罰を甘んじて受けてもいいくらい、お酒を飲みたいぜ！　と。

しかも「この世」とか「来む世」という言葉も、仏典の語彙から来ている。仏典はすべて漢文だから、旅人が漢文と仏教に精通しているのも納得してしまう。そんな彼の知識がさらりと出たのがこの酔っぱらいの歌である……すごいな。

だから、たとえばこんな有名な歌も、やっぱり仏教の思想が反映されている。

世の中は空しきものと知る時しいよよますます悲しかりけり　（巻五・七九三）

世の中は空しいものやって知れば知るほど、
どんどんこの世がいとおしくなって、
どんどん悲しくなってしまうわ

ぱっと見、シンプルな歌だ。「いよよ」が「いよいよ」であるとわかれば、そのまま現代語訳なしでも理解できそうな。

だけど、これは仏典の語彙「世間」「空」という思想からやってきた和歌なのだ。どういうことかといえば、ここでいう「空」は「色即是空（しきそくぜくう）」で使われる「空」とも同じ意味なんだけど、「世間とは、そこにあるはずの常なるものがなくて、実はからっぽなものなのだ」という意味。世間で絶対的に正しいものなんてなくて、すべては過ぎ去りゆくから、むなしい、空っぽに見える……という思想。この歌は、旅人のもとへ訃報が届き、それに対して悲しみを伝えようとして詠んだ歌だ。手紙のなかの一首でもある。

世の中はぜんぶむなしいのだと知る、それはなぜならそこにいてくれると思っていた人が亡くなってしまったという知らせが届いたから。

だけど旅人は、そう知ったとき、「どんどん悲しくなる」と言う。

当時の「悲し」は、いまと同じような「嘆き悲しむ」という意味もあるけれど、同時に「愛し（かなし）」つまりは「執着してしまう気持ち」も含まれている。そもそも「かなし」という言葉は「兼（か）ぬ」＝ちがう二つの存在が一つのものに重なること、から来た語彙らしい（ちなみにこの説明は私の大学院時代の先生からの受け売りです。先生、勝手に使ってスミマセン）。

そんなわけで、仏教思想を知りつつも、それがやっぱりかなしい……過ぎ行く世の中に執着してしまいそうになる……という歌が、「世の中は空しきものと知る時しいよよますます悲しかりけり」なのである。

いやー、こんなふうに考えてみると、大伴旅人の歌を読むのはリテラシーがものすごく必要な行為だな、と私はよく思う。もちろんどんな歌にも知識が必要なんだけど、大伴旅人の歌は晩年の歌が多いこともあって、なんだか私にはまだ届かない領域も多い。

ちなみに彼は大宰府で山上憶良たちと出会い、一大和歌文化圏を作る。山上憶良の歌も仏教思想が色濃いのだけど、それは互いに影響を与えながら生まれていった和歌たちなのだろう。

COLUMN 7

# 万葉集は一つではない？

万葉集は全二十巻あって、そこにはおよそ四五一六首もの歌が掲載されている。二十巻といえば、『DEATH NOTE』も追い越し（コミックで全十二巻ですよね）、『BANANA FISH』も追い越してしまった（たしか全十九巻）。いや漫画で数えるなよとツッコまれそうだけど、それにしたって、けっこう長いと思いませんか。私は長いと思う。

およそ四五一六首、というのもわりと驚きの多さである。

ちなみになぜ「およそ」なのかというと、万葉集には「或本歌」といって、今現在、本物とされているものには載っていない歌があるから。この「或本歌」を数えたり数えなかったりで、数にちがいが出てくる。

さらに昔の人は手書きで万葉集を紙にうつしていたから、字の間違いもある。いまや、同じ万葉集でも、数や漢字のちがう、いろんなバージョンが存在する始末。

まあでもあなたも、『地獄先生ぬ〜べ〜』（文庫で全二十巻）を手でうつせと言われたら絶望するだろうし。一回くらい絶対うつし間違いあるだろうし。みんながそれやったら、いろんなぬ〜べ〜が存在するでしょ。万葉集も同じです。

第二章
たのしい恋の歌

# 万葉集の恋歌が輝いているワケ

「み薦（こも）刈る信濃（しなぬ）の眞弓（まゆみ）我が引かば
うま人（ひと）さびて否（いな）と言はむかも
（巻二・九六）」

「ススキを刈るみたいに
信濃の眞弓を俺が引いたら、
あなたはお高く止まって、
いや、って言うんかなあ。」

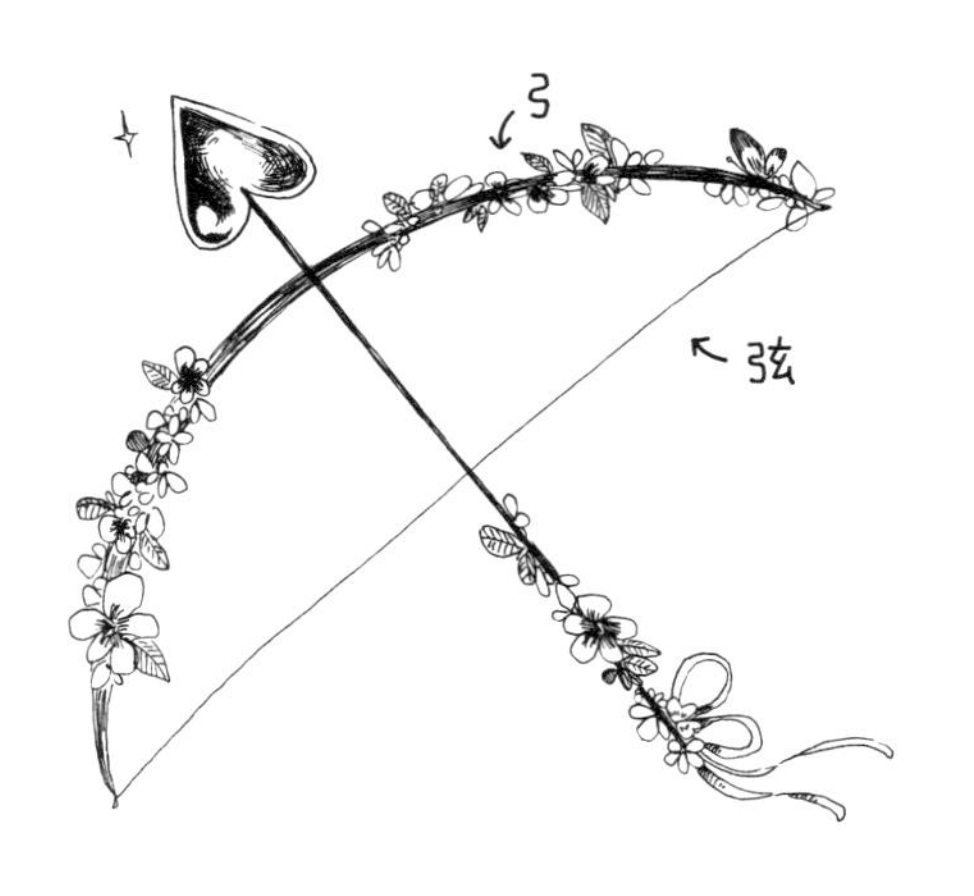

久米禅師（くめのぜんじ）作

しっかり読んでみると、万葉集の恋歌は面白いものが多い。私の推したい歌も多い。推したいポイントを語ってみると、万葉集の恋歌でいいなと思うポイントはふたつある。

①かけあいが絶妙

②女性の歌がいきいきしている

これは私の偏愛ポイント……なのだが。私はこの二点がめちゃくちゃ好きなんだよ！

①は、万葉集の相聞歌（そうもんか）というのは、贈答のやりとりがそのまんま載っていたりする。それがまあ、なんというかウィットに富んでいたり、「あ〜こういう人ってこういうこと言うよね！」と共感できるものだったり、ここでこんな返答するんだ！　とわくわくしながら読めたり。掛け合いが絶妙だなぁ、と思う歌が多い。

②は、『古今（こきん）和歌集』や『新古今和歌集』と比較したときの好みでしかないのだけど。社会的背景を付け加えとくと、奈良時代は女性にも土地の所有が認められていたり、女性の天皇がいたり、比較的女性の地位が高かった時代である。万葉集には女性の歌もたくさん収録されているけれど、様々な立場の女性が恋愛の歌を詠むとき、魅力的な歌が多いな〜と楽しく読めて

しまう（もちろん後世の和歌でも面白い女性歌人はたくさんいる）。

　で、この①②の魅力を兼ね備えた！　すばらしい！　と勝手に偏愛している歌が！　ここで紹介する巻二に収録された石川郎女（いしかわのいらつめ）と久米禅師という二人の贈答歌である。

　巻二には「相聞」という部立（ぶだて）（章というか、カテゴリーみたいなもの）があるのだけど、なんせ恋の歌ばかり載せている。これから紹介する五首は、そのうちのひとつだ。


　登場人物を紹介しておこう。

「郎女」と書かれているのは、「石川郎女」という女性。「郎女」はいまでいえば「さん」みたいな女性への呼び方。「石川さん」くらいの意。石川郎女はそんなに身分の高くない女性だったんじゃ？　と言われている。

　私はこの石川郎女という歌人が大好き。

　どこが好きって、彼女の詠む歌は、教養とウィットに富んでいて、頭の良さと恋愛の上手さが窺（うかが）える。喩（たと）えるなら小説は関西弁のユーモアにあふれた恋愛小説の得意な田辺聖子、挿画は同じくオシャレでユーモアのある恋愛漫画の得意な西村しのぶでお願いしたい。

　しかし石川郎女の実際の姿はぶっちゃけよくわかっていない。たとえば大伴家持や坂上郎女といった歌人ならば、史的資料も残っている。が、石川郎女についてはどこからどこまでが本当の姿だったのかすらよくわからない。なんせ彼女は時代をまたいで九人の男性と恋愛歌を交わしたことになっており、さすがにこんな長期間生きとらんやろ、別人かフィクションやろ、と言われているからだ。九人別々の男性とのラブレターが残っている女こと石川郎女……。

でも私はそんなところも含めて面白いな、と思う。だってもしかしたら（これも妄想だけど）、石川郎女という「キャラクター」がどっかでできあがって、恋愛上手で教養深い女性キャラクター（つまり架空の人物）として万葉集に登場しているかもしれないのだ。そうだとしたら、奈良時代の人々も、この伝説上のキャラはこんな歌を詠みそう！　と（あたかも現代でキャラの二次創作が流行るみたいに）思ったわけじゃないか。面白すぎるでしょ。


で、そんな恋多き女性歌人・石川郎女の今回のお相手（というか、万葉集で石川郎女が登場するのはここがはじめてなので、初のエピソードのお相手！）は、「久米禅師」という男性である。禅師とは法師、つまりはお坊さんだ。

今回の歌は、石川郎女という若くてたぶんそんなに身分の高くない女性と、久米禅師という（おそらくそんなに若くはない）お坊さんのやりとりだ。ちょっと身分差があるのがわかるだろうか。久米禅師のほうが身分が高い。

身分差というのは古今東西、恋愛話のスパイスと相場が決まってるが。今回はどうだろう。

まず一首目を読んでみる。久米禅師から贈られた歌。


み薦(こも)刈る信濃の眞弓我が引かばうま人さびて否と言はむかも　禅師　（巻二・九六）

ススキを刈るみたいに信濃の眞弓を俺が引いたら、
あなたはお高く止まって、いや、って言うんかなあ

……ひとつ言っていいですか？

は、はらたつー！

いやもうこういう男がいちばんだめ！　あかん！　ひっかかんな石川郎女！

と、私が彼女の女友達だったら言いますね、ええ。

解説すると、「み薦刈る」は「信濃」の枕詞（なんで信濃が出てくるかといえば「眞弓」と

いう弓の木の原産地だから)。そして「うま人さびて」は直訳すると「貴人ぶって」とか「貴族のような振る舞いで」とかいう意味。

つまり、久米禅師は「弓を引いたら貴族みたいに断るんかな～」と言ってる。ここで「弓を引く」ってのが「女性を誘う」という意味の比喩である。この歌だと眞弓＝女性＝石川郎女、と喩えてる(はいここ覚えといてね。あとでまた出てきます)。

しかしなにが腹立つって、この久米禅師の言い方である。そもそも女性を「信濃の眞弓」、つまり「ちょっと田舎の弓」に喩えるの、どーかと思う。そのうえで「あなたは貴人ぶっていやって言うかな～」って聞くのは、結局「いやあなたは信濃の眞弓だから(＝田舎の女だから)、いやって言わないよね～」というニュアンスが込められているということだ。お高くとまってイヤなんてあなたは言わないよね？　と念を押しつつ誘う和歌なのである。

いくら仲が良くても！　舐め散らかしてるだろ！　石川郎女のことを！

……と私だったら憤る。ええ。

しかし、だ。石川郎女は私の数百倍も上手。

長くなってきたので、(まさかの)次項、続くっ！

# プロポーズを引き出した巧みな歌

石川郎女 作

み薦刈る信濃の眞弓引かずして弦はくるわざを知るといはなくに
（巻二・九七）

信濃の眞弓を実際には引いてへん、
それやのに弓に弦をつけられることを知ってるやなんて、
あんたは言えへんはずやけどな

そんなわけで（まさかの）前項からの続きです。さあわりと失礼なことを言ってきた男、久米禅師！　どうする、石川郎女！

彼女はこう返す。「信濃の眞弓を実際には引いてへん、それやのに弓に弦をつけられることを知ってるやなんて、言えへんはずやけどな」。どういうことか、実際に和歌を見てみよう。

「弦はくる」は通説が定まってなくて（そもそも原文が「弦」なのか「強」なのか、書き間違いじゃないか～という議論がいまも続いている）、さまざま解釈がある。個人的には「弦をはく＝つけさせる」の意味がしっくり来ると思い、今回の訳にしてみた。

石川郎女は、前回の歌で「眞弓を引いたら嫌って断られるかな～」と聞いた久米禅師に対して、「あら、そんなこと言うけど禅師さんそもそも眞弓引いてへんやん」と、さらりと返す。「眞弓を引いてもないのに、弓に弦をかけられる気でいるなんて、言えへんはずやけどね？」と。

ここでいう「弦をかける」が何を指すのかは、ちょっと頭を使うとともにいささか妄想の範囲になってくる（ちなみに妄想ではなく証明しようと思えば学術論文一本書けます）。私としては「弦をかける＝自分（郎女）に手をつける」説を推したい。

つまり久米禅師は石川郎女を誘って（引いて）、断られなければイケる気でいるけれど、そもそもその弓は久米禅師が弦をかけられる状態にあるかどうかわからないのだ。弓はもはや禅師が弦をかけられない状態、つまりは他の人のものになってるかもしれない。

なぜかといえば、弓に弦をかけるとき、弓をたゆませる必要がある。弓は長い間使っていないと、木がかたくなって、弦をかけづらくなる。……ここで石川郎女は長い間訪ねてこなかった久米禅師を揶揄する。長い間来おへんかったのに、いつまでも私があなたのものだと思わんといてやー。弓を引いてもないうちから、ちゃんと誘ってもないのにイケるとか思いなさんなー、と返しているのだ。

……という説を！　推したい！　私は！

いや妄想逞しくしすぎやろ、とツッコミを受けそうだけど、弦はくる「わざ」の「わざ」は、古語だと「方法」という意味もあれば、単純に「こと」という意味もある。ちょっと意味の広い言葉だ。「弦はくるわざ」の解釈がいまだに揺れている由縁はここにもある。

まあ「弦はくるわざ」の真相はわからないけれど、石川郎女はここで終わらせない。そう、さくっと禅師をあしらったかと思いきや、もう一首彼女は歌を贈る！

梓弓引かばまにまに寄らめども後の心を知りかてぬかも　郎女　（巻二・九八）

梓弓なら引けばそのままあなたに寄るけどね。

でもまあその後のあなたの心を知らへんからなあ、私は……かわいい!!　と悶絶してしまう。どうかわいいのかというと、まず「まにまに」は「そのまま」という意味。「知りかてぬかも」は「知ることができないな」くらいの意味でオーケー。

注目してほしいのは最初の句で、禅師が言ってきた自分に対する比喩である「眞弓」を、ここでくるりと「梓弓」に変えている。梓弓は眞弓よりも少しやわらかい素材でできているので、要は弦をかけるときに曲がりやすい。さきほどの歌で「弦をかけられるかどうかわからない」と言っていたけれど、梓弓なら引けるし、そのまま引くと体に寄る。

そんなふうに、あなたが言うような〈信濃の眞弓〉じゃなくて、私が〈梓弓〉だとしたら、そのままあなたのほうに寄ってくけどね、と上の句で言っているのだ。

す、素直！　と驚く上の句である。いったい前の歌は何だったのか？

しかし下の句ではこう続ける。「後の心を知らないなあ」。弓を引いた後、私を誘ったあと、あなたがどんな心持ちになるかわからないからなあ、と。

私は引けば寄るけど、あなたのその後の心がわからないんやん。と、言ってる石川郎女、超かわいくないですか!?

ここにはさっきの歌で見た「久米禅師、長い間石川郎女のもとへやって来なかった疑惑」が関わっていて、「これまでみたいに一回誘ってはやって来なくなるんでしょ」的な目線が透けて見える。
一度「イケると思わんといてや」と言いつつ、そのあとに「まあ寄ったるけど、そもそもあんたの態度がはっきりせんのやろー」と返せる石川郎女は……恋愛偏差値が高いと思いませんか。

はい、そんなわけでこれに対する久米禅師の答えといえば、

梓弓弦緒(つらを)取りはけ引く人は後(のち)の心を知る人ぞ引く　禅師

（巻二・九九）

梓弓の弦を取ってつけて引く人は、
その後の心がわかってるから引くんやないか！

そ、そう返さざるをえないよね〜！　と読者としては笑ってしまう返答である。
つまり、石川郎女に「私は寄るけど、あなたのその後の心がわかんないなあ」と言われてし

まっては、久米禅師としては「いやそんなことあらへん、俺はその後の心をばっちりわかってる、約束できるから引く＝誘うんやろ！」と返すほかない。

この返答を引き出してみせる石川郎女の力。プロポーズさせる力がすごすぎる。

そしてその通り、久米禅師はこのあとの歌でこう詠んでいる。

東人の荷前の箱の荷の緒にも妹は心に乗りにけるかも　禅師

（巻二・一〇〇）

東国の人の荷物の箱をしばる紐みたいや、
あなたは俺の心にしっかり乗っかってしまったなあ

「後の心」がわからないと言われていた久米禅師だけれども、結局「あなたが俺の心にしっかりと乗っかってきたぜ！」と呟く歌で終わっている。

ちなみに「東人の荷前（＝荷物）の箱」とあるけれど、「信濃の眞弓」というモチーフがあったことを考慮すれば、この荷物の中身は、信濃という東国からの貢物（つまり眞弓、つまり石川郎女かも……）なんて考えてしまう。

荷物をぐるぐると縛る紐みたいに、しっかりと固定されてしまった禅師の心。いやはや、ハッピーエンドじゃないですか。

しかしあの舐めた禅師からこのハッピーエンドを引き出したのは、ほかならぬ石川郎女の歌の巧さではないか、と私は思う。

頭のいい女性って最強だ。

ちなみにこの五首の題詞が「久米禅師娉石川郎女時歌五首」とある。「久米禅師が石川郎女に求婚するときの歌五首」という意味だ。うーん、よかったね！　ハッピーエンドが一番である。

# 「許されぬ恋の歌」という美しき誤解

額田王（ぬかたのおおきみ）作

あかねさす紫野（むらさきの）行き標野（しめの）行き野守は見ずや君が袖振る

（巻一・二〇）

あかねさす紫野に行って、
禁止された標野に行ったけど
野守が見てしまうで、
そんなふうにあなたが袖振ってるところを！

たぶん万葉集で一番有名な歌って、この歌なんじゃないか。
あかねさす～むらさきのゆき、しめのゆき～。古典の授業で暗唱させられる場合も多い。最近だと、競技かるたの部活を舞台にした『ちはやふる』（末次由紀、講談社）という漫画にも登場する。もしこの歌の意味を知っている方がいたら、ぜひその意味をいま思い浮かべてほしい。

作者は稀代（きだい）の女流歌人、額田王。時の天智（てんぢ）天皇が弟の大海人皇子（おおあまのおうじ）を従えて、紫草を狩りに野原へやって来た。天智天皇という夫がありながら、額田王はこんな歌を詠んだのだ。

袖を振るとは、この時代においては恋心を相手に示す振る舞い。「好きだよ」と言うようなもの。標野は立ち入り禁止だとされた野原。野守とは野原の番人。……に見せかけて、天智天皇のことを指している。

天智天皇の妻だから、「立ち入り禁止」つまり浮気禁止の自分。だけど大海人皇子が好きだよと言ってきている。しかも天智天皇が見てるそばで。ああ、でもそんなことをしたら、天智天皇にばれてしまう。

つまりは額田王の作った、ひそやかな不倫の歌。皇太子ふたりとの間に引き裂かれる、しずかで秘密の恋の歌……。

なんて、古典の授業では解説されると思う。思うんだけど。

実は、一般的なこの歌の解釈については、ちょっと、いや、ちょっとじゃない、大いなる誤解が潜んでいる。

……ということを、私は大学に入ってから知った。

いや、間違ってはいない。学校で習う解釈や意味が間違いなわけではないのだ。たしかに「標野」は立ち入り禁止の野原だしおそらく額田王のことを指してるわけだし、「野守」は野の番人だし結局は天智天皇のことを指している。そして手を振ってきたのは大海人皇子だろう。

歌の意味が間違っているわけじゃない。

だけど実は、この歌が詠まれたシチュエーション、事実はかなりちがっていたらしい。

まずこの時、額田王はだいたい三十八、九歳。当時の価値観では意外と年齢を重ねている。若いふたりの、許されぬ不倫の歌、というわけではないらしい。

そしてこの歌は「雑歌（ぞうか）」という部立（章）に入れられている。本気で不倫の歌と解釈されていれば、「相聞」のところに入っているはずなのである。しかしそうではなく「雑歌＝公の歌」として収録されている。しかも題詞に「天皇が遊猟しにこられた時に」と書かれているので、「ひっそりと詠まれた恋の歌」とは程遠い。

さらに極めつけが、この歌には「あかね＝紫草の根」「紫野」「標野」「野守」「袖」など、猟や獲物に関する言葉が詠み込まれている。

ここから考えるに、おそらくこの歌は、遊猟のあとの宴会における遊びの歌として作られたものだったんだろう……と言われている。

宴会で、「あかねさす紫野行って、禁止された標野に行って、野守が見てしまうで、そんなふうにあなたが袖振ったら〜！」と明るく笑って作った歌……というのが、どうやらこの歌の真相だった。

これを知ったとき、「ええっ、もっとひそかな恋の歌じゃないの!?」と私は驚いた。というかショックだった。もっとロマンチックなイメージだったのに！

しかし事実は妄想より奇なり。

この歌に対する返答は事実（？）を踏まえたほうが面白く読める。

紫草（むらさき）のにほへる妹（いも）を憎くあらば人妻ゆゑにわれ恋ひめやも

（巻一・二一）

紫草みたいに美しいあなたを好きじゃないんやったら、
人妻やのに、なんで俺があなたを好きになるん？

宴会で大海人皇子はノリよく返したのだろう。ラブレターというよりは宴会芸。

しかし、歴史の教科書に載っていることなのだが、その後、大海人皇子は天智天皇との不和から、吉野へ遁世することになる。後に天武天皇となる大海人皇子と天智天皇の不和というやつだ。もし万葉集の「あかねさす」の歌が本当に不倫の恋の歌なら……。天智・天武の仲違いの原因は額田王!? という説もありえたのだけど（ちなみに記録上では、額田王は天智天皇ではなく、天武天皇の妻となっている）。

実際のところ、詠まれた歌が宴会での笑えるやりとりならば、むしろ政治的には敵対していた人どうしの深い大人の世界を私たちは見ている……のかもしれない。

政治の面ではどうであれ、額田王も大海人皇子も天智天皇も、懐広めでノリのいい大人だったのだ、というちがった歴史の一面が見えるから。『ちはやふる』（末次由紀）とか『天の果て地の限り』（大和和紀）とか、私の知ってるロマンチックなイメージは一体!? と一時は思ったけど、真相は真相で、わりと面白くて気に入っている。

# リズムもノリノリなラテン系のろけ歌

上野(かみつけの)安蘇(あそ)のま麻群(そむら)かき抱(むだ)き
寝(ぬ)れど飽かぬをあどか我(あ)がせむ

（巻一四・三四〇四）

上野の安蘇で
麻の束を抱えるみたいに、
きみを抱いて寝ても
飽き足りへんのに、
ぼくはどうすればええんかなあ

作者未詳

万葉集を読んでいると、「日本人もこんなこと言ってた時代があったんか！」とびっくりする。こんなことというのは、もはや紹介するのも恥ずかしいような「のろけ」の歌たちのこと。ラテン系かと見まごうような大胆な恋の台詞（歌）が、万葉集には収録されている。面白いのでちょっとご紹介してみよう。

今回の歌は「上野安蘇のま麻群かき抱き寝れど飽かぬをあどか我がせむ」。二句目まではいわゆる「序詞（じょことば）」。情景やモノを使って、次の言葉につなげるためにいい感じの句を作る手法。ほら、歌詞でも「好きだー！」と直接的に気持ちを伝えるだけじゃなくて、「（会いたくて会いたくて震えるくらい）好きだー！」と言ったりする。この（　）部分が、和歌でいうところの「序詞」なわけだ。

で、ここでは「きみを（上野の安蘇の麻の束を抱えるみたいに）抱いて寝ても飽きないよ〜、どうしようね〜！」と詠んでいる。生えている麻は、男性の背丈を越えるくらい大きいので、数本まとめて抱えて引き抜いて収穫するらしい。だからこそ、体ごとぎゅうっと「抱く」イメージといえば「数本の麻にぎゅうっと抱きついて引っこ抜く」ことが連想されて詠まれている。

歌の内容は「抱いても飽きない、まじどうすればいいのか」。そんなこと聞かれても、読者としては全力で「お幸せに！」と言うほかない。

……って、これだけの話なら私もさすがに紹介しない。ただの「きみが好きで困っちゃう☆」と言いたいだけのシアワセ絶好調な歌やんけ。

でも実は、この歌にはしかけがある。気づくかしら。

言葉のリズムで、遊んでいるのである。

ひらがなでかくとわかりやすい。

かみつけの　あそのまそむら　かきむだき　ぬれどあかぬを　あどかあがせむ

「あそ」の「まそ」むら、「かき」「むだき」、「あかぬ」を「あどか」「あが」せむ。

……同じような音が繰り返されているのだ。

これ、注意しないと意外と気がつかないのだけど。面白いと思いません？　ただののろけ歌に見えて、実はちゃんと文芸的な面白さを用意してある。音をくりかえす遊びを忍ばせてあるのだ。

万葉集、意外とこういうことをするから面白く読めちゃうんだよなーと私は思う。前に紹介した漢字で遊ぶ「戯書（ぎしょ）」もそうだけど、音でもばっちり遊んでいる。しかもこんな、ただの恋愛歌においても、だ。その裏でちゃんと音を合わせて遊ぶ工夫なんかしてるんだから、これぞ万葉集のユーモア精神、と言いたくなる。

それにしても「お幸せに……」とおなかいっぱいになるほどの甘さたぷたぷ恋愛歌だとは思うのだけれど。

同じく「お幸せそうでなにより！」と全力でごちそうさまのポーズをしたくなる歌はほかにもある。

刈薦（かりこも）の一重（ひとへ）を敷きてさ寝（ぬ）れども君とし寝（ぬ）れば寒けくもなし

（巻一一・二五二〇）

刈った薦で編んだ敷物を一枚だけ敷いて寝るけれど、
あんたと一緒に寝ると寒くないんよ

……もはや解説しなくてもだいたい伝わりそうな「おなかいっぱい！」なお幸せな歌。薦（マコモ）はイネ科の植物で、敷物を編むのに使う植物。でもやっぱりそれ一枚だとなんとも寒々しい敷物になってしまう。でも！「君とし寝れば」！　すこしも寒くないわ、と。

麻苧（あさを）らを麻笥（をけ）にふすさに績（う）まずとも明日（あす）きせさめやいざせ小床（をどこ）に　（巻一四・三四八四）

麻糸をそんなに器いっぱいになるまで紡がなくても、
明日があるから、
ほら寝床いこ

こちらの歌は、「明日きせさめや」のところが未詳語彙、つまりは意味がわかっていない語彙である（すごいよな、万葉集って千三百年間も日本で読まれてるくせにまだ意味がわかっていない言葉がけっこうあるんだよ……こんなものがあるから万葉集の研究は終わらない）。

歌の意味はだいたいこんなところじゃないかと思う。

麻をそんなにたくさん紡がなくても、つまりはそんなに仕事しなくても、明日があるから大丈夫だよ、ほら今日は寝よう、こっちの寝床においで……。

「いざせ」は「おいで」という意味。って、さらっと万葉集にこんな歌が載っていることにびっくりするけれど、要は「今日は一緒に寝よう☆」と誘う歌である。楽しそうだ。

# 白髪とユーモア——中年の恋愛歌

大伴坂上郎女（おおとものさかのうえのいらつめ） 作

〔黒髪に白髪（しろかみ）交じり老ゆるまでかかる恋にはいまだあはなくに

（巻四・五六三）

〔黒髪に白髪がまざって老いるまで、
こんな恋には出会ったことがなかったわぁ

こちらは、白髪交じりのおばちゃんやおじちゃんの恋の歌だ。

古典の時代は結婚時期が早かったから、今のおばちゃんの年代になったら恋をしない……と思いきや、どっこい、いまよりもっと自由だった。

おばちゃんおじちゃんでも恋をする。むしろおばちゃんおじちゃん、いやおばあちゃんおじいちゃんだからこそ恋をする、のかもしれない。

今回ご紹介するのは、大伴宿祢(おおとものすくね)と坂上郎女のやりとり。
実際の年齢はよくわかっていないが、宴会で詠んだ「老いらくの恋」の歌が残っている。
まずは大伴宿祢から。四首連続で、「大宰大監大伴宿祢百代(だざいのだいけんおほとものすくねももよ)の恋の歌四首」として収録された。

事もなく生き来(こ)しものを老いなみにかかる恋にも我(あれ)はあへるかも
（巻四・五五九）

なにごともなく生きてきたのに、
老い波が寄ってから、
はじめてこんな恋にめぐりあってしもたわ

「老いなみ」は「老いという波」の意味。ざっぱーんと老いが波として自分にかかってきた様子を表す言葉。なかなかうまい表現だ。
でもこの歌では、ざっぱーんと老いの波が寄ってきたあとに「かかる恋」つまりは「こんな恋」に巡りあったのだ、と詠んでいる。こんな恋とは、誰との恋？　決まってる、歌を贈る相手との恋だ。

あーのーひーあーのーとーきー、と小田和正の曲でも流したくなる歌だが。宿祢が贈った歌はこれだけじゃない。こう続ける。

恋ひ死なむ後（のち）は何せむ生ける日のためこそ妹（いも）を見まく欲（ほ）りすれ　（巻四・五六〇）

恋に死んでしまったら、そのあとは何にもならん。
生きてる日のためにあなたに会いたい

われわれは老い波が寄ってる身だから！　恋なんかしたら死んでしまうかもしれないけれど！　でも死んじゃったら意味ないじゃん（あなたに会えないから）！

小田和正もびっくりな前のめりっぷり。老いてからの恋歌だと、「恋ひ死なむ」の扱いの重さもひとしお、である。若い子の「恋に死んじゃうよ〜！」の軽い嘆きとは一味ちがう。

ちなみに、万葉集中にこれとそっくりの歌がある。巻一一・二五九二番「恋ひ死なむ後は何せむわが命の生ける日にこそ見まく欲りすれ」（訳：恋に死んでしまったらそのあとは何にもならん。私の命が生きてる日にこそあなたに会いたい）。そっくりでしょう？　こういうそっくりの歌のことを「類歌（るいか）」という。万葉集、四五一六首もあれば似たような歌がたま〜にある。作者が参考にしたのか、偶然似たのか、もしかしたら出典が同じだけどちがったルートで伝わってきたのか。謎はまだまだ深い。

ってなわけで老いらくの恋歌三首目！

思はぬを思ふと言はば大野なる三笠の社（もり）の神し知らさむ

（巻四・五六一）

俺が好きでもないのに好きやって言ってたとしたら、
大野にある三笠の社の神様にわかるはずやで

神に誓って俺の気持ちは本気だ！　もし嘘ついてたら神罰がくだってるやろ！　って歌ですね。冗談とちがうで〜と笑う顔が見えそう。ちなみに「大野なる三笠の社」は『日本書紀』にも登場する、いまで言うと福岡県の大野城市にある。

この歌にも「類歌」があって、たとえば「思はぬを思ふと言はば天地(あめつち)の神も知らさむ邑礼左変」（巻四・六五五）「好きじゃないのに好きって言ってたら天地の神様がわかるはずだ！」という同じ発想の歌（邑礼左変の読み方はまだ定まっていない）。女性に自分の気持ちが嘘じゃないことを伝えるときの定型表現みたいになってたのだろう。今も昔も「神に誓って嘘じゃない！」という弁明（？）は変わらない。

そして老いてからの恋歌ダメ押し四首目。

暇(いとま)なく人の眉根(まよね)をいたづらに掻(か)かしめつつも逢はぬ妹かも

（巻四・五六二）

休まず眉をとにかく掻いてるのに、
全然きみに会えへんわ

「眉がかゆくなると好きな人に会える前兆」という奈良時代の迷信（気になる内容ですが、後の章で詳しく話すことにします！）を逆手に取った男性の歌。ぜんぜんかゆくならないので自分で作っていくスタイル。少し大人……というよりはおじさんの歌だ。ひとひねりするあたり、そう思いません？
でもこの歌をもらったら笑っちゃうな。切実に恋してる！　というよりは、余裕ある大人の歌、という感じがする。
万葉集の歌は、もちろん単体で読んでも面白いが、その前後に同じ作者の歌がある場合は、少し文脈を意識して読むとまたちがった面白さが見える。今回の歌も、単体だと切実なのか冗談なのかよくわからないけど、「老いてからの恋」という設定文脈を踏まえると、相手を笑わせようとする姿勢というか……ここでダメ押し！　会ってくれるよね？　いけるよね？　とあえてオーバーに恋心を表現しようとする姿勢が見えてくる。

こんなふうに贈られた歌に対して、返した二首がこちら。返すのは大伴坂上郎女。万葉集のなかでもっとも歌の上手なマダム、というイメージのある歌人。いろんな人と恋愛の歌をやりとりしてるので、万葉集中のいろんなところに出てくる。いつも余裕があるおねーさん。

黒髪に白髪交じり老ゆるまでかかる恋にはいまだあはなくに　（巻四・五六三）

黒髪に白髪がまざって老いるまで、
こんな恋には出会ったことがなかったわぁ

宿祢が「事もなく生き来しものを老いなみにかかる恋にも我はあへるかも」と言ってきたのに対応するように、「黒髪に白髪交じり老ゆるまでかかる恋にはいまだあはなくに」と返している。いやはや、後半はほとんど同じような言葉を使いつつ、前半はよりリアリティのある老い表現（「白髪」！）を使うのがすごい。こう、相手の発想に乗っかりつつも、その上手の表現を使って返す！
しかしこれだけでは終わらないのが坂上郎女。

山菅（やますげ）の実ならぬことを我（わ）に寄（よ）そり言はれし君はたれとか寝らむ
（巻四・五六四）

私とは結局実がならへんかったけど、
恋仲だって噂されたきみは、
いま誰と寝てんのかな？

なんかあなたと私の噂が立ってたやん？　でも私たち実がならへんかった、つまりは結局、そういう仲にはほんとはならへんかったよなぁ……。

「で、いまあなたは誰と寝てんの？」

で締める坂上郎女。

眉を掻いて会いたいなぁと思ってるってあなたは言うけど、噂だけ立って、ほかの人と結局寝てるんやん？　という答えで返す。

定説では、これらは本気で老いた男女のやりとりだったというより、宴会でおじちゃんおばちゃんがみんなの前で笑えるやりとりをやってみた、というノリだったのだろうと言われている。当時の人たちは歌をそうやって身近に使ってたんだなーと思うと、ちょっと笑ってしまう。

老いらくの恋歌は、ユーモアと教養と切り返しの巧みさによって成立する。

だからこそ「白髪交じり」の歌が、私たちのもとへも笑いとなって届く。

# 乙女な心を持つ万葉集最大の歌人
# 大伴家持

万葉集でもっとも存在感のある男こと大伴家持（おおとものやかもち）。なんと彼の万葉集収録歌は長短歌計四百七十三首！　多っ！　全二十巻中、ラスト四巻、彼の日記帳！

そりゃ家持の存在感がでかくなる。歌の数も多くなる。五分の一の巻の主役。万葉集の編纂者は彼じゃないかと言われております。実際のところはわかってないけれど。

お父さんに大伴旅人、おばさんに坂上郎女を持って、和歌の英才教育以外の何物でもない布陣で育てられた家持。幼少期は大宰府へ（父の仕事の都合）、母を幼い頃亡くすも叔母が母親代わりになった。しかし彼が十代の時に父も叔母も亡くなる。けれど、坂上郎女に教えられた恋歌の技術は大いに役に立った……らしい。万葉集を見ているとそう思える。

彼は父ちゃんとちがって、政治的にはわりと不遇な立場に追いやられることの多かった人生だけど（藤原家と橘家の抗争の時期だったからだ）、そのぶん、赴任先である越中で歌を二百首以上詠んだり、同じく赴任先の難波で防人の人々と交流して、それがもとで防人歌が万葉集に載るに至ったらしいとか、和歌史において残した功績は大きかった。それが万葉集のなかにもよく表れている。

たとえばこちらの歌。赴任先の越中から都へ帰ることになったとき、友人の大伴池主に贈った歌だ。

我が背子は玉にもがもなほととぎす声にあへ貫き手に巻きて行かむ　（巻一七・四〇〇七）

いとおしいきみが、真珠やったらなあ。
（ほととぎすの声といっしょに）ひもに通して、僕の腕に巻いてゆきたいんやけど

……相手は、男⁉　と二度見しそうな恋歌だけど、万葉集には普通に載っている。ちなみに

池主（※男）が返した歌群のなかの一首はこちら。

うら恋し我が背の君はなでしこが花にもがもな朝な朝な見む　（巻一七・四〇一〇）

恋しくていとおしいあなたが、なでしこの花やったら。
そしたら私は毎朝見られるのにな

……これらの歌、「恋愛の歌のフォーマットを用いて相手への想いを詠む」という男性同士の戯れなのである。真剣な相聞歌というよりは、恋愛の歌のフォーマットが共有知識としてふたりの間にあることが前提の遊びと解釈されている。

あるいは、家持の歌だと、こんなのも掲載されている。

春の苑紅にほふ桃の花下照る道に出で立つをとめ　（巻一九・四一三九）

春の苑の、紅に色づく桃の花に染められて下まで色づいている道に、立ってる女の子何とも言えず美しい情景を詠んだ歌だけども……この歌を詠んだ家持、なんと齢三十四だったのである。いや、美しいけど！　乙女だな家持！　きみのほうが乙女よりおとめちっくだよ！と私は全力で思う。

ちなみに「春苑」や「紅桃」は漢籍でよく使われる表現。地味にこの歌も漢詩の伝統が下敷きになっている。いやでも美しい光景ですよね、桃の花と乙女。家持はほかにも花の歌をわりと詠んでいて、たとえばこんな歌もある。

なでしこが花見るごとにをとめらが笑まひのにほひ思ほゆるかも　（巻一八・四一一四）

なでしこの花を見るたびに、彼女の笑顔の素敵さが思い出されるんよなあ

ろ、ロマンチスト……。家持の歌を読むと、鳥やら花やら「どうやって小物を使うか」「どうやってそのモチーフをうまく使うか」という、歌の修作のような側面も見えてくる。ホトトギスだったらどう詠むのが効果的かな、なでしこの花の場合はどうかな、とか。

家持は、とにかくたくさん歌を詠む。そしてそのなかで自分がしっくりくる歌を見つける。家持を見ていると、歌は女性や男性やいろんな人とのコミュニケーションの手段であるのと同時に、修練すべき自分の芸術だったのだろうな、とわかる。変な話、歌が贈り合うものや儀式に使われていた時代から、どんどん文芸的で芸術作品としての歌に変わっていく時代への過渡期が、家持の存在によって作られていたのかもしれない。もちろん旅人や憶良の時代にもあったけど、家持によって、そして万葉集ができて、その方向性が決定的になったんじゃないか、と。

きっと家持は文学という言葉がなかった頃から、歌が文学的な存在だ、とわかっていたんだろう。だから修練し、たくさんの歌を残し、たくさんの人の歌を収録する歌集の編纂に関わっていた（と見なされている）のだ。

それは歌が好きで、歌をたくさん詠むことで自分の仕事での不遇さを乗り越えていたのかもしれないし、家持の人生の実存のようなところが、歌によりかかっていたからなのかもしれない。彼がいたからこそ、万葉集はただの時代的な記録を超えて、文学作品として保存されていた……なんて言ったら、さすがにちょっと妄想が過ぎるかなあ。

ちなみに全二十巻ある万葉集の最後の歌は、天平宝字三年（七五九年）正月に家持が詠んだ、

新しき年の始の初春の今日降る雪のいやしけ吉事　（巻二十・四五一六）

新しい年のはじめの正月の今日降る雪みたいに、
どんどん重なりますように、ええことが

という歌。当時、新しく年が始まる日に雪が降ることは、その年が豊作になる予兆とされていた。どうか今年が、いい年になりますように。そんな年のはじめの祈りの言葉が、万葉集の最後の歌なのだ。

家持の歌日誌といえば、「歌を詠んだ日付順に並べただけ」に見える。だけど、この歌以降、家持の歌は記録に残っていない。自分の最後の歌、そして万葉集最後の歌が、新年の雪に祝いと祈りを読み取るものだった。……こんなの、ただの日誌に、文学的なものを見出さざるをえないじゃないか。

年のはじめに「どうかいいことが重なりますように」って祈る歌を最後の歌にする。これこそが万葉集のセンスだと思う。奈良時代にはじめて生まれた歌集は、今年の始まりへの祝福で終わるのだ。

COLUMN 2

## 改元の謎が解けました

同じ万葉集に収録されているといっても、詠まれた年代が古い歌と新しい歌の間には、百四十年ほどのひらきがある。いまでいえば夏目漱石から村上春樹くらいの差。私たちからすると、夏目漱石といえばもう古典。お手本として扱われている。意外と時間の隔たりがあると思いません？

ちなみに万葉集の歌が詠まれたその約百四十年の間に、実に十回も遷都が行われている。六四三年の飛鳥板蓋宮に始まり、近江大津宮や飛鳥浄御原宮、そして最後は七九四年の平安京……。都、変わりすぎだろとツッコミを入れたい。

しかし（個人的な感想になるけれど）、「令和」の始まりを迎えて、あまりにも大晦日っぽい盛り上がりを見るにつけ「うわ、やっぱり年号とか遷都とか区切りをつけるのって、なんとなくみんなの気分を上げるのに最適な方法なんや……奈良時代の人がやたら遷都してたんもわかるわ……」としみじみ理解した。

令和になった瞬間、みんな気分変えようモードになったよね⁉

# 第三章　「大人」の歌

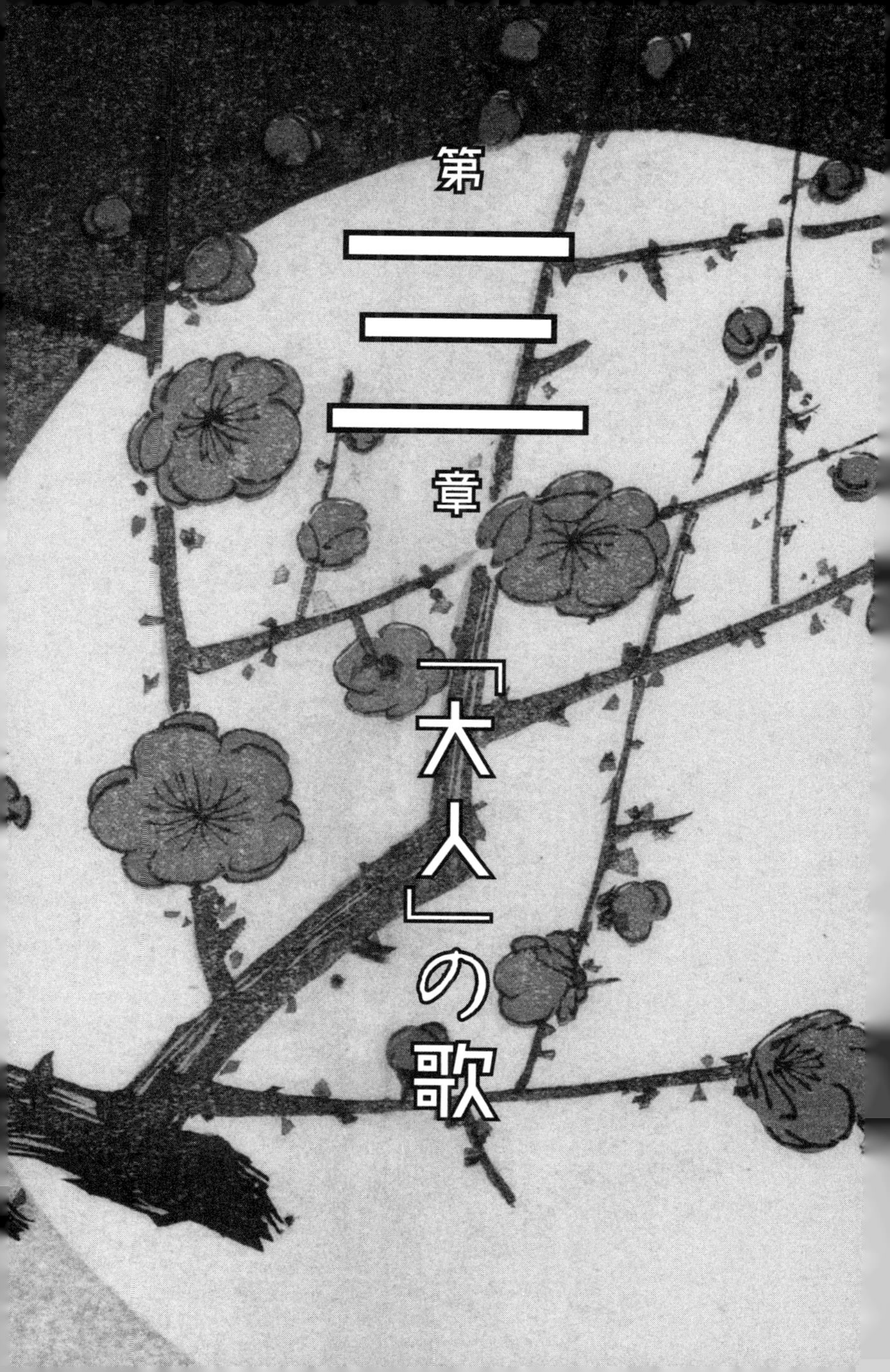

# 中国の古典を詰め込んだ美少女の歌

作者未詳

遠(とほ)つ人松浦(まつら)の川に若鮎(わかゆ)釣る
妹(いも)が手本(たもと)を吾れこそ巻かめ

（巻五・八五七）

松浦の川で
若鮎を釣ってるあなたの
腕を枕にして、抱きたいなあ

今も昔も、みんな「突然現れる美少女」大好き問題。
と、名付けたいのだけど大丈夫だろうか。
空から降ってくる美少女を描いた某ジブリ作品とか、ある日突然美少女の幼馴染がやってくる某漫画作品とか、現代でも枚挙に暇がない「突然現れる美少女」。実は、万葉集にも登場する。

この歌には題詞が存在する。ちょっと長いけど見てみよう。

余暫松浦の県に往きて逍遥し、聊かに玉島の潭に臨みて遊覧せしに、忽ちに魚を釣る女子らに値ひき。花のごとき容双無く、光れる儀匹無し。柳の葉を眉の中に開き、桃の花を頬の上に発く。意気雲を凌ぎ、風流世に絶れたり。僕問ひて曰はく「誰が郷、誰が家の児らそ。若し疑はくは神仙といふ者ならむか」といふ。娘ら皆咲みて答へて曰はく「児らは漁夫の舎の児、草菴の微しき者にして、郷も無く家も無し。何そ称り云ふに足らむ。唯性水を便とし、復、心に山を楽しぶのみなり。或るは洛浦に臨みて、徒らに王魚を羨み、乍は巫峡に臥して空しく烟霞を望む。今邂逅に貴客に相遇ひ、感応に勝へずして、輙ち歎曲を陳ぶ。而今而後、豈偕老にあらざるべけむ」といふ。下官対（こた）へて曰はく「唯々（ねね）、敬（つつし）みて芳命（はうめい）を奉る」といふ。時に日山の西に落ち、驪馬（りば）将に去（い）なむとす。遂に懐抱（くわいはう）を申（の）べ、因りて詠歌（えいか）を贈りて曰はく。

さて、これではよくわからんと思うので、ざっくりした現代語訳がこちら！


これは僕が世俗を離れ、松浦のあたりでぶらぶらしてた時の話。玉島川のそばをめぐっていたところ、ちょうど魚釣りをする少女たちに出会った。

彼女たちの、花のような、光のような姿は誰よりもうつくしかった。たとえば柳の葉を眉の中に、桃の花を頬の上に見せてくれるみたい。気分は雲をはるかに超え、魅力はこの世のものとは思えない。

僕は「どこの里の、どこの家の女の子ですか？　もしかして……神女ですか」とたずねた。

少女たちは微笑んで、答えた。

「私たちは漁師の家の子で、茅家（あばらや）に住む身分の低い者で、郷（さと）も屋敷もありません。名を言うほどの者ではありませんわ。

ただ生まれながらに水に親しんで、山を楽しむのが好きなだけ。たまに洛浦のほとりに立って、大きな魚がほしいなぁと思ったり、巫山（ふざん）の谷間で寝ころがって、楚王と神女の情事に憧れてたりするだけですわ。

なんて……こうしてたまたま立派な人に出会えて、ちょっと感動してしまってうちとけたお話をしちゃいましたね。いまから……あなたと偕老（かいろう）の契（ちぎり）（＝末永く仲のいい夫婦になること）を結ばずにはいられないんですけれど」と彼女は言った。

僕は「承知しました。あなたの御心のまま」と返した。

その時、日は山の西に沈んで、僕の馬が帰ろうとする時間になってしまった。そこで、僕は気持ちを伝えた。その気持ちを詠んだ歌を贈って、彼女に伝えたのはこういうこと……。


いやいやいやいやいや。歌に入る前に、全力でツッコミたい。どこのライトノベルかと。これでいいのか万葉集。

川のほとりを歩いていたら、美少女たちがきゃっきゃうふふと遊んでいた。神仙の女性、つまりは伝説の乙女なのかと聞いてみたら、「身分が低い者ですよ、名乗るほどの女じゃありませんわ」とにっこり微笑む。が、しかし、そのあと「ちょっと私、伝説上の情事に昔から憧れていて……こんな山奥で立派な人と出会えるなんて思ってませんでしたわ！　結婚しません？」と突然言い出す。僕は「承知しました！」と答える（そりゃそうだ）。しかし日は沈み、帰らなきゃいけない時間に……ってこんなベタな妄想小説ありますか⁉　今も昔も妄想は変わらねえー、と思わず万葉集を放り投げたくなる。

しかしこの文章だって、ただあらすじを書いただけじゃない。この題詞の作者は大伴旅人か？と言われているのだけど、さすが奈良時代の文芸作品、漢籍が引用されている。

たとえば、美少女のとある返答。

「ただ性（ひととなり）水を便とし、復（また）心に山を楽しぶのみなり」

意味は「ただ生まれながらに水に親しんで、山を楽しむのが好きなだけよ」。まあ要は自分は身分の低い田舎者ですよ～と言っているのだ。しかしこの言葉をそのままの意味でとっちゃいけない。実は『論語』が下敷きになっている。

「子曰、知者楽水、仁者楽山。（子曰（いわ）く、知者は水を楽（この）み、仁者は山を楽（この）む）」

『論語』の「雍也篇（ようやへん）」に出てくる一節だ。というわけで『論語』がわかってる人からすると、「ああ知者（知識のある人）で仁者（徳のある人）ってわけね、要はただもんじゃないんだな……」と察することができる。この『論語』のフレーズがさらっと出てくるあたり教養人の証！

ほかにも、美少女が「たまに洛浦のほとりに立って、大きな魚がほしいなぁと思ったり、巫山の谷間で寝ころがって、楚王と神女の情事に憧れてたりするだけですわ」なんて言うけれど、「洛浦」とは中国の洛陽という都市を流れる洛水のあたりのこと。これは『文選』の「洛神賦」という作品の神女・宓妃（※洛水の川の女神）に曹植が出会ったエピソードをもとにしてる。さらに「巫峡」も中国の巫山の谷間で、これまた『文選』の「高唐賦」という作品に出てくる神女と楚王のエピソードを暗に指す。要は、「洛浦」も「巫峡」も中国古典で神女と出会える場所。

そんな単語を出されちゃ、口では「身分低いんですぅ」と言われたところで、結局きみは神女ってこと？　と男性（教養があるからわかる）側はテンション上がらざるをえない。

ほかにも「風流」や「光儀」。こちらは『遊仙窟』（張文成）という、これまた神女に突然出会う中国唐代の古典作品（そんなんばっかだな……）に出てくる語彙を、そのまま使っている。

万葉歌人は中国古典の教養がある。語彙を出すだけで、「あーあの作品ね！　ハイハイそういうことね、神女の話ってわけね」とぴんと来る。

それにしたってこのあらすじ。教養の無駄遣いではないのか……！　と笑っちゃうが、妄想は海を越え時代を越える。「突然空から降ってくる美少女」を美しく描いた宮崎駿もいれば、「突然川のほとりで出会う美少女」を美しく語る万葉歌人もいた。

さて、あらすじがわかったところで、いよいよ今回の歌を紹介したい。
題詞だと肝心のところを素っ飛ばして、いきなり「ケッコンしよう！」って言ってるだけ。おいおい展開がはやすぎる。

遠つ人松浦の川に若鮎釣る妹が手本を吾れこそ巻かめ　（巻五・八五七）

松浦の川で若鮎を釣ってるあなたの腕を枕にして、抱きたいなあ

……男性がこういう歌を詠むのは、なんとなく想像がついていたような気もするが。さて、ここに致るまでに、神女はどのような歌を贈ってきたのか？　以下次項！

# 神女伝説から生まれた男子の妄想?

松浦川の神女 作

松浦川七瀬(ななせ)の淀は淀(よど)むとも吾れは淀まず君をし待たむ

(巻五・八六〇)

松浦川には、たくさん澱んでる川瀬がありますね。
でも、もしそこで川の流れが滞ったとしても、
私は滞ることなくずうっとあなたが来てくれるのを待っていますわ

「川が澱んでも私の想いは澱まず進んでいますわ(はぁと)」って男性の夢じゃないですか!(またしても男性の妄想扱いをしてしまった。ごめん)。

って突っ走りすぎてしまった。そうです、今回は松浦川の神女と、川にやってきた僕のやり

とりした歌について語る回。

あらすじは前項の題詞で追いかけてもらった通り。そんなふたりがやりとりした歌が万葉集には連続して七首掲載されている。万葉集バージョンの『天空の城ラピュタ』序盤、と考えてもらえればいい。

まず、題詞のあとに掲載された歌がこちら。


漁りする海人の子どもと人は云へど見るに知らえぬ貴人の子と　（巻五・八五三）

答へし詩に曰く
玉島のこの川上に家はあれど君をやさしみ表さずありき　（巻五・八五四）

訳は、

「漁をする漁師の子供」ってあなたは僕に言いますけど、
一目見てわかったで、高貴な家の子なんやってという男の歌に女が答えたのはこちら。

玉島川の上流に私の家はありますけど、
高貴なあなたには恥ずかしくて言えなかったんです

なぜ「きみは身分低い漁師の子って言うけど、そんなことないやろ身分高いやろ！」という言葉に対して、女性は「家は玉島川にあります……」と答えてるのか。これぞ奈良時代の男女による高等・コミュニケーション・テクニック的なかけあいなのだ。

要は、「家名を名乗らなかったけど身分高いでしょ」「ええそうです」では男女の風流なやりとりにならない。本当は身分が高くとも、女性側としては「身分はあなたのほうが上なんだと思いますよ、だから恥ずかしくて言えなかったんです」とあえて下にまわるのだ。

男性を立てる……というよりも、もっと婉曲（えんきょく）的な男女のやりとり、として解釈できる。「あなたのほうが上ですよ、だから名乗らなかったんです」とにっこり微笑む女性の姿が見えてくる。

ではこの後、どういう歌のやりとりが続くのか。

蓬客等(ほうかくら)の更に贈りし歌三首

松浦川(まつらがは)川の瀬光り鮎釣ると立たせる妹(いも)が裳(も)の裾(すそ)濡れぬ

（巻五・八五五）

松浦川の川瀬が美しく照って光っていて、
鮎を釣ろうと立ってらっしゃるあなたの裳の裾、濡れてるなあ

松浦なる玉島川に鮎釣ると立たせる子らが家路(いへぢ)知らずも

（巻五・八五六）

松浦にある玉島川で鮎を釣ろうと川瀬に立ってらっしゃる、
あなたの家へ行く道がわからんのやけど

遠つ人松浦の川に若鮎(わかゆ)釣る妹が手本(たもと)を吾れこそ巻かめ

（巻五・八五七）

松浦の川で若鮎を釣ってるあなたの腕を枕にして、抱きたいなあ

はい、いいですか。万葉集の時代、女性が男性に家や名前を教えることは、共寝（ともね）、まあつまりはえーと一夜を明かすことをオッケーしたって意味です。

18歳以下の子は読み飛ばしてね……。

「あなたの裾が濡れてる」から「家へどうやって行くかわからん」（※君、さっき家は玉島川の上流って聞いてたやろ！　というツッコミは野暮）から「君の腕を枕に」ですよ。流れがそういうモードですね。

ちなみに「蓬客」とは、「ヨモギみたいに風に吹かれてころころ転がってゆくような、さすらいの旅人」の意味。自分のことをそれくらい身分不確定な人間ですよーと言ってる。ちなみに前にも出てきた曹植という中国古典の詩人の「雑詩（ざっし）六首・其二」（『文選』所収）に「轉蓬離本根　飄颻隨長風」って表現が出てくる。風に吹かれるヨモギってイメージが漢文によく出てくるところから、生まれた言葉だ。

じゃあ、この歌に彼女はどう返したのか。

### 娘等（をとめら）の更に報（こた）へし歌三首

若鮎釣る松浦の川の川浪の並(なみ)にし思はば吾れ恋ひめやも

（巻五・八五八）

若鮎を釣る松浦川の川「波」……じゃないけど、「並」の想いであなたを想うなら、
私はこんなにあなたへ恋焦がれることなんて、ありますか？

春されば吾家(わぎへ)の里の川門(かはと)には鮎子さ走(ばし)る君待ちがてに

（巻五・八五九）

春になると、私の家のある里の川の渡場に子鮎が泳ぐんですよ。
まるであなたを待ってるみたいに……

松浦川七瀬の淀は淀むとも吾れは淀まず君をし待たむ

（巻五・八六〇）

松浦川には、たくさん澱んでる川瀬がありますね。
でも、もしそこで川の流れが滞ったとしても、
私は滞ることなくずうっとあなたが来てくれるのを待っていますわ

完全に、あなたをお待ちしておりますわモード。三首目は今回の歌ですね。
いやはや。もはや言うことはない、お幸せに……と読者がぱたんと万葉集を閉じかけたところで、こんな歌が載っている。

後の人の追ひて和へたる歌三首　帥（そち）の老（ろう）
松浦川川の瀬早み紅（くれなゐ）の裳（も）の裾濡れて鮎か釣るらむ　（巻五・八六一）

松浦川の川瀬の流れは速いから、
あの時と同じように、今も瀬に立つ女の子は、
赤い服の裾を濡らしながら鮎を釣るんやろか

人皆（ひと）の見らむ松浦の玉島を見ずてや吾れは恋ひつつ居らむ　（巻五・八六二）

人が皆眺めているはずのその松浦にある玉島を、

眺めることなく俺は大宰府でただ恋しがってるだけ

松浦川玉島の浦に若鮎釣る妹らを見らむ人の羨しさ　（巻五・八六三）

松浦川の玉島の浦で、今も若鮎を釣る女の子たちを見てるやつらが羨ましいわあ

「帥の老」とは、令和の元ネタにもなった「梅花歌三十二首」のときにも使われていた通称なのだけど、大伴旅人のこと。そう、ここは「後の人」つまりは後に聞いた人である大伴旅人が付け加えた三首を載せている。

つまりは、今まで読んできた「松浦川でのやりとり」の歌たちは大伴旅人が伝説として聞いてきた歌であって、その感想として「ええなあ」という大伴旅人の感想の歌を載せてみた、という構成となっている。

まあこんな都合いい美少女の歌、伝説ですよね、そりゃそうだ、神女とのやりとりだもん！と読者としてはうんうん頷きたくなる（大伴旅人の「ええなあ玉島川で女の子と出会えるやつら」という素直な感想よ！）。しかしこれらにはそもそも「松浦川」という川にまつわる伝説

が元ネタにある。

というのも、『古事記』には神功皇后が玉島川で自ら御裳の糸を抜いて、飯粒を餌として鮎を釣った……という逸話が書かれている。さらに『日本書紀』では新羅の国を攻めるかどうかという時に占いをして、神功皇后が吉兆の鮎を手に入れた、という話が綴られている。そんな伝説から、松浦川の女たちは四月上旬になると鉤（釣り針）を川の中に投げ、鮎をとるようになったんだ、という所以がある。

だからこそ、松浦川＝女性の鮎釣り、という常識があったり、どこか神秘的なイメージが重なる。それゆえに大伴旅人が「松浦川といえば、こんな伝説を聞いたんだけど……」と言っても、そのまますんなり受け入れられる。土地にまつわる伝説やらイメージは強い。

ちなみにこれまで読んできた通称「松浦川に遊ぶ序と歌」は「梅花歌三十二首」と合わせて、大伴旅人が吉田宜という友人に贈った、と万葉集には綴られている。だから、万葉集研究者のなかでは「この松浦川の男女のやりとり、全部が旅人の作った歌なんじゃ……」という説が広まっている。そうだとしたら、あまりにも妄想たくましくてちょっと笑ってしまう、けれど漢文の教養込みの筋立てなど、一般ピーポーが書いたもんだとも思えない。やっぱり、神女の歌も、全部旅人の妄想なのか。そう思って読むと、またちがった読み方ができて、笑ってしまう。

# 下着のひもがほどけたら……

君に恋ひうらぶれ居れば悔しくも
わが下紐に結ふ手いたづらに
（巻一一・二四〇九）

あなたに恋をして
切なくなってると、悔しい、
自分で下紐を結びなおす自分の手が、
むなしくなってくる

作者未詳

乙女の恋心は、いつでも魔法を信じたい！

……というと突然万葉集の話から変わったんじゃないかと思われそうだけれども、今回もばっちり万葉集のお話である。

前項では男性の妄想は奈良時代から変わってねえ！　という話だったけど。女性の妄想も、奈良時代から変わっていないのである。

今回扱うのは「ジンクス」というやつだ。

万葉集の時代、恋にまつわる「ジンクス」が信じられていた。たとえば……今回の歌。恋をして切なくなってくると、悔しくなってくる。自分で下紐（したひも）（下着の紐のこと。表面から見えない下裳（したも）や下袴（したばかま）などに付けてある紐のことね）を結ぶ自分の手が、むなしい……。

どういう意味かというと、この歌の背景には「下着の紐が勝手にほどけると、好きな男性が訪ねてきてくれる」という願かけのようなジンクスがあった。

当時は「通い婚」、つまり女性の家へ男性が通う結婚が通常だった。すると女性としては、自ら男性の家へ訪ねることはできない。男性が来てくれるのを待つのみ。今みたいにＬＩＮＥもないし、そりゃ乙女のジンクスが流行る。（ちなみに乙女の間のみならず老若男女みんな信じていた）。

というわけで、下着の紐がはらり、とほどけると、「あの人がやってくる予感！」とわくわくするのが当時の考え方だった。意外と露骨なジンクスだ……。
ちなみに万葉集には、下紐にまつわるジンクスめいた習慣がよく登場する。たとえば男女が一度離れるときにお互い下紐を結び合うとか、下紐に何かを着けることで恋人の存在を強調するとか。

二人して結びし紐をひとりして我は解き見じ直(ただ)に逢ふまでは
（巻一二・二九一九）

二人で結んだ下着の紐をひとりで解いたりしない、
あなたに直接会うまでは

忘れ草我が下紐に着けたれど醜(しこ)の醜草言(しこぐさこと)にしありけり
（巻四・七二七）

恋心を忘れるって言い伝えのある「忘れ草」を俺の下紐に着けたんやけど、
あほあほあほか、忘れられるって言葉は嘘やん

愛し（うるはし）と思ひし思はば下紐に結ひ付け持ちて止ま（や）ず偲は（しの）せ
（巻一五・三七六六）

私をいとしいって思うんやったら、
贈り物を下紐に結んで、いつでも私のこと思い出してな

はい、恋の歌に下紐大活躍！　まぁそりゃそうだよな、下着の紐だもんな……露骨にそういう意味だよな……（万葉人はそのへん隠さない）。と納得してしまうけど、このジンクス、もとい信仰の流行は、とくに乙女に限った話ではない。男性側も、こんなふうに歌を詠んでいる。

我妹子（わぎもこ）し我（あ）を偲ふらし草枕旅の丸寝（まろね）に下紐解けぬ
（巻一二・三一四五）

かわいい奥さんが俺を想ってくれてるんやろな。
旅先で着物のまま寝たら下着の紐がほどけたで

男性側もがんがん信じる！　「下紐が解けるほどに相手が自分を想ってくれている」と解釈している。旅先でほどけるくらい、君は僕を想ってくれてるんだね、と。

さらにはこんな歌もある。

眉根（まよね）掻（か）き鼻ひ紐解け待つらむかいつかも見むと思へるわれを
（巻一一・二四〇八）

眉を掻いてくしゃみをして下着の紐がほどけて、
待ってくれてるんやろなあ……
いつになったら会えるんかなあ、って思ってる俺を

「紐解け」はもちろん「会いたいと思ってる気持ちが届くこと」。その前に書かれている「眉根掻き鼻ひ」とは何か。

さきほど紹介したように、この時代、眉がかゆい＝好きな人に会える前兆と思われていた。さらに、くしゃみをする＝好きな人に会える前兆だった。ということは、眉がかゆくて、くしゃみをする！　ほらもう会える前兆×２！　さらに紐まで解けた！　会える前兆×３になっ

た！　というわけで、きみは俺のことをめっちゃ待っててくれてるんやろなあ、だって俺はきみに会いたがってるからなあ。と、悦に入る……というか、にやにやしている男性の歌なのでした。

いや、にやにやしている、は私の妄想だけど。でもにやにやするでしょこんなん。俺に会いたがってくれてるんやろな〜もうすぐ会いに行くで〜と、「ジンクス」を使って詠んでるわけだから。楽しいだろ絶対。

さらに眉がかゆくなる＝会える前兆、といえば、そんなジンクスがあるからこそ、人工的に会う前兆を作る人がいましたね⁉

暇（いとま）なく人の眉根（まよね）をいたづらに掻（か）かしめつつも逢はぬ妹かも

（巻四・五六二）

休まず眉をとにかく掻いてるのに、全然きみに会えへんわ

やっぱり笑ってしまうのだけど、もはや、かゆくなくても「暇なく」眉をとにかく掻いてみる！　会える前兆を自ら作ってゆくスタイル！

好きだよ、この姿勢。だけど「妹」つまり愛しいあなたには会えないらしい。残念。まあこれは男性から女性への歌なので、おそらくは「そんだけ会いたいと思ってるんだよ〜」的なアピールの歌。

こんな歌を贈られたら、会ってなくても許しちゃうんだろう。

ちなみにこの「眉がかゆい＝好きな人に会える」ジンクスはどこから来たかといえば、中国古典の恋愛文学『遊仙窟』に「昨夜眼皮瞤　今朝見好人（昨日の晩、目の上がかゆかった、すると今朝あの人に会えた）」という一文があるから、やっぱり漢籍の影響なのではと言われている。

えっ、そんな一冊の作品で影響力があるの？　と首を傾げられそうだけど、『遊仙窟』は前に紹介した松浦川の伝説にも影響を与え、当時みんなが読んでいた作品らしいのだ。

眉がかゆい＝会える、のジンクス発祥地は中国か？　と言われている。もちろん『遊仙窟』だけじゃない、いろんな作品のなかで出てきた言い伝えだったからみんなに知られていたのかもしれない。しかしこんなジンクスが、国を越え、はるばる日本へやってきて広がったかと思うと、思いもよらないところで文化的影響があるものだ。

# 浮気男に対する恨みつらみの送り方

紀女郎（きのいらつめ）作

世の中の女（をみな）にしあらば
直（ただ）渡り痛背（あなせ）の川を
渡りかねめや

（巻四・六四三）

私が世間一般におる
ふつうの女の人やったら、
あんたのところへ行ける
あなせの川を渡ることを
ためらったりせんのに……

今回は失恋女子の歌です。

今まではハッピーエンド風味だったり冗談風味だったりする相聞歌をご紹介してきたけれども、がっつり失恋モード。

万葉集には、意外と男女の怨念が詰まった歌も多く収録されている。それも、感傷に浸ってしくしく泣くというより、もっと直接的に怒りと悲しみを表現する歌。ここで紹介するのは「紀女郎の怨恨の歌三首」である。「怨恨」ってすごくないか、「怨恨」って。えんこん、要はうらみつらみの歌なのだ。

では実際に歌の中身を見てみると。「痛背川」の意味にはいろんな説があって、たとえば鹿（か）持雅澄（もちまさずみ）（江戸時代、私と同じ地元の高知県でがんばって万葉集を研究していた人なのだ）が書いた『萬葉集古義』という本では「痛足川」の間違いでは？　と言ってたりする。「痛足川」なら三輪山のふもとを流れる巻向川（まきむくがわ）の別称。

しかし別の説では、むしろ「あな背」つまりは「ああ、あなた」という意味と掛けているのか？とも言われていて。「あな」は「ああ」という意味、「背」は「夫（せ）」という意味があるから。個人的にはこっちを推したいので、「あなたのところへ行けるあなせの川」くらいに訳してみた。

あなたのところに行くために、川を渡りたい。でも、渡れない。渡るのをためらっちゃう。もし、私が世間並みのふつうの女だったら、渡ってゆくのに……。

自分は並の女ではないから、あなたのもとにやすやすと行くことはできないのよ、という女の歌だ。裏を返せば、私がふつうの女じゃないから、失恋したのよ、と詠んだ歌である。ちょっとプライドが高い。

いったい紀女郎はどなたに対して川を渡りたいと言っているのか……。ここには注がついていて、「鹿人大夫（かひとだいぶ）が女（むすめ）、名を小鹿（をしか）といふ。安貴王（あきのおほきみ）が妻なり」と書かれている。この注があるからこそ、これは安貴王にまつわる「怨恨歌（えんこんか）」ではないか、という説があるのだ。安貴王といえば、万葉集上では一大スキャンダルな男性だ。こんな歌が載っているから。

安貴王の歌一首、また短歌

遠妻（とほづま）の　ここに在らねば　玉ほこの　道をた遠（とほ）み　思ふそら　安からなくに　嘆くそ
ら　安からぬものを　み空行く　雲にもがも　高飛ぶ　鳥にもがも　明日（あす）往きて　妹（いも）
に言問（ことど）ひ　吾が為（ため）に　妹も事無く　妹が為（ため）　吾も事無く　今も見しごと　たぐひても
がも

（巻四・五三四）

遠くにいる妻がここにおらへんから、距離の遠さに、恋する心は安らかにならへんし、嘆く心も苦しいんよ。大空を行く雲でありたいもんやで。高く飛ぶ鳥でありたいもんやで。明日にでも妻のもとに行って、妻と語らって、妻もおだやかで、今も想像してるみたいに、ふたり寄り添ってたいなあ

反歌

しきたへの手枕（たまくら）まかず間置（あひだお）きて年そ経（へ）にける逢はなく思へば　（巻四・五三五）

腕枕もできへんで、
遠く離れたまま年がすぎてしもうたなあ。
あなたに会えへんことを思うと

右、安貴王、因幡八上采女（いなばやかみのうねめ）を娶（めと）り、係念極（けいねんきは）めて甚しく、愛情尤（もと）も盛（さかり）なり。時に勅（みことのり）して不敬の罪に断じ、本郷（ほんきやう）に退却（しりぞ）く。是（ここ）に王意悼怛（こころたうだつ）、聊（いささ）か此歌を作めりと。

右、安貴王が因幡八上釆女と結婚したが、愛情がすごく強かった。しかし、勅命がくだって、王は処罰を受け、ふたりは離れ離れになった。これを悲しんで歌を作ったという。

こちら、因幡八上釆女と恋愛関係になってしまった安貴王。しかし釆女（うねめ）といえば天皇や皇后の身の回りのお世話をする女官。つまり関係を持つのはタブー！　しかし安貴王は釆女と結婚してしまう。当然、スキャンダルになる。処罰を受けた安貴王は官職を奪われ、都を追放されてしまう……が、それでも釆女への気持ちが残っているから会いたいな、という歌なのだ。

しかし問題なのがこのタブースキャンダル騒動、安貴王と紀女郎が結婚した後の出来事なのではないか、ということ。つまりは、自分と結婚しておきながら、そんな若き女官とスキャンダルを起こした安貴王だからこそ紀女郎は「怨恨歌」を詠んだのか……？

実際は、さすがに歌と騒動の年代が合わないのでは？　という指摘もある。あとは若い頃のスキャンダルが有名な安貴王の妻として、宴会で紀女郎が要請されて詠んだ歌かもしれない、という解釈もある。

紀女郎の歌は、このあと二首続く。

今は我は侘びそしにける息の緒に思ひし君をゆるさく思へば
（巻四・六四四）

今となってはつらいばっかりや。命の綱だと思ってたあんたを、
手をゆるめてはなさなあかんようになるなんて

現代語の「ゆるす（許す）」は、「ゆるめる（緩める）」「ゆるくする」から生まれた言葉。つまりそれまできつく綱で縛っていたところを、ゆるくする、手をゆるめてはなすというのが本来の「ゆるす」の意味なのだ。

そんなわけでこの歌の「ゆるさく思えば」は、原義の「手をゆるめて放す（離れる）」という意味。それまで命の綱としてぎゅっと握っていたあなたを、ゆるめて手放さなきゃいけない、そんな日がくるなんて「侘ぶ（＝悲しいと思う）」よ！　と。

白妙の袖別るべき日を近み心にむせび音のみし泣かゆ
（巻四・六四五）

あんたの袖と別れる日は近いなあ、

やから私の心はぎゅっと悲しさで詰まるし、
声を上げてわんわん泣いてばかりおるわ

「袖別る」は、恋愛の別れの慣用句。つまり、それまで袖と袖を枕にしたり絡ませたりしていたところを別れなきゃいけない状況。誰の袖と袖かはわかりますね、紀女郎と恋の相手の袖ですよ。

現代でも「むせび泣く」と言うけれど、あれは本来「むせぶ＋泣く」という意味で、「むせぶ＝心の中の悲しさが喉にウッと出てしまうこと」と「泣く＝声を上げてわんわん泣く」のふたつの過程を足した表現である。心でむせび、つまりはめっちゃ悲しくて泣いちゃうということだ。

元気出せよ紀女郎……と肩をぽんぽん叩いたげたくなる歌たちだ。一首目ではまだ「川を渡るのをためらう」くらいだったのに、二首、三首目でさらに別れを決意しちゃって！　もう！　元気出してほしい。歌も上手いし、たぶん教養あるきれいなおねーさんなんだよ、紀女郎は……だけど、だからこそちょっと調子のいい安貴王みたいなやつに泣かされちゃうんだよ……と私は妄想してしまう。

が、実は、紀女郎には後日談がある。さすが万葉集、女子を失恋させて終わらせない。この後、大伴家持と出会って恋歌を交わすことになるのだ。

なんと、若い頃のダメ男に失恋してからの離婚→年齢を重ねてからの若い男の子との恋である。

長くなるので、以下、次回!!

# 年下男子をひっかけるお姉さんの歌

「戯奴(わけ)がため
我が手もすまに
春の野に抜ける茅花(つはな)ぞ
召して肥えませ

(巻八・一四六〇)

「わざわざあんたのために
私が休まず
春の野でとってきた茅花やで、
ほら食べて太りや」

紀女郎 作

思ったことを相手に言えない、そのうえ結婚した相手はまあまあアホだった！　という不憫（ふびん）な失恋女子・紀女郎。しかし紀女郎は美人（たぶん）で歌も上手い（これは確実）ので、次の恋があるのです。

というわけで、紀女郎から若き大伴家持に贈った歌が、今回の歌になる。

歌を見てほしい。「戯奴」と書いて「わけ」と読むこの呼び方。「わかい人」みたいな意味で、からかって下に見たニュアンスだ。現代風に言うと「ぼうや」とか……？　古いか。ちなみに「戯奴」と漢字をあてたのは紀女郎のセンスらしい。「戯れの奴」、完全に家持をからかってる！とツッコミたくなる漢字だけど、それもまたふたりの関係性がわかる箇所である。

家持は（とくに若い頃）やせていたみたいで、ほら自分のとってきたものを食べさせたげるから太りや、と言われているあたり、めっちゃ若くてかわいい男の子っぽさがある。茅花は春に芽を出す段階だとたけのこのようなもの、つまりは食用らしい。いまでいえば「あんた細いなあ、おごったげるから食べや」と事務職の年上女性から言われてる新卒総合職の男の子みたいな情景である。

さっきも言ったけどやっぱり関係性のわかりやすい歌だなと思います……。食べて太りなよ、って和歌で言われている家持、たぶんからかいがいのある可愛らしい男の子だったんでしょう……。

ちなみに踏み込んだ解釈をすると、こちらは中国最古の詩集『毛詩（もうし）』（国風（こくふう）・邶風（はいふう））に載ってる「静女」という漢詩を元ネタにしてるのでは、という説がある。私はかなりこの説推し。というのも、「静女」のなかにこんな部分がある。

自牧歸荑　牧より荑（つばな）を歸（おく）れり
洵美且異　洵（まこと）に美しく且つ異なり
匪女之為美　女を之美しと為すに匪（あら）ず
美人之貽　美人の之れ貽（おく）ればなり

（『毛詩』国風・邶風）

ある女性が野原からつばなを贈ってくれた
それはとても美しく珍しい花だった
でもその花が美しいのではない
美しい人が贈った花だから美しいのだ

彼女は荑（つばな＝日本で言う茅花、チガヤの花穂。つまりは紀女郎が詠んだ花のこと）を採って送ってくれた、だけど荑が珍しいから嬉しいってわけじゃなくて、美しい女性から送られたから嬉しいいんだよ！　という「結局美人の贈り物だったらなんでもいいんかーい」とぼやきたくなる漢詩である。

でも、この漢詩を紀女郎が元ネタにしてるとすれば、なかなか面白い話になる。つまり紀女郎としては「茅花を美人がとってきたらから嬉しいって漢詩知ってるやろ？　ほらあんたも嬉しいやろ？」と、

①自分が美人であると示す
②ついでにさらっと漢詩を元ネタにできるくらい教養のあることを示す

という二重トラップ、じゃなかった、テクニックが光る歌。安貴王に失恋したときからキャラ変わってなさそう。ただし年齢重ねたほうが輝く女ですね。

で、この歌に飽き足らず、紀女郎は家持にもう一首贈っている。

昼は咲き夜は恋ひ寝る(ぬ)合歓木(ねぶ)の花君のみ見めや戯奴(わけ)さへに見よ
（巻八・一四六一）

昼は花ひらいて夜は恋して眠るっていうねむの花、
主人の私だけが見てええもんかしら、あんたも見いや

紀女郎、「戯奴」って呼び方を気に入ってる！　と言いたくなる。しかし呼び名は変わらないのに関係はより進む。

というのも、合歓木(ねむのき)の花は、そもそも夜になると花が閉じる（いまの言葉でいうと「就眠運動」というやつ）。表面的には、合歓木の主人である私（「君」って言ってるけれどこれは相手のことじゃなくて、主君の自分、って意味です）だけ見ていいのか、いやあなたも見なよ、と「花を見ることを誘う」だけに読める。

だけど、ここまで来るとうすうす勘づいているかもしれないが、「合歓木」もまた、漢詩で男女の恋愛のことを歌うときに使われる花なのである。

たとえば漢詩に「合歓の枝」という言葉が出てくる（例：『玉台新詠(ぎょくだいしんえい)』巻九・春別応令四首其二・東湘王繹(とうしょうおうえき)）。こちら「合歓」っていう名前からして察せられてしまうのだけど、つまり

は男女がそういう意味で仲良しになることを詠むときに出てくる花、それが「ねむの木」になる。となると、紀女郎の「合歓木を見るのは私ひとりじゃだめよ、あなたも見なさいよ」と言ってるのは、お誘い以外の何物でもない。あからさま！　しかも合歓の主人が自分と言ってるあたり、キャラがぶれない。ちなみに万葉集には、この二首を、合歓の花と茅花を折って添えて贈った、とある。

で、これに対して若き家持が返したのがこんな歌。

我が君に戯奴は恋ふらし給りたる茅花を食めどいや痩せにやす
（巻八・一四六二）

私の主人に私は恋しているみたいです、
だってもらった茅花を食べましたけど痩せましたもん

我妹子が形見の合歓木は花のみに咲きてけだしく実にならじかも
（巻八・一四六三）

あなたがくれたあなたの代わりみたいな合歓木は、

花だけ咲いて、たぶん実にならへん

一首目も二首目もちゃんと紀女郎の歌に対応しきってる感じが、真面目。若さを感じる……。ほら、現代のＬＩＮＥでも、会話をぜんぶ拾わずてきとーに返信するよりも、こっちが発したひとつひとつの発言へ律儀に返すほうが生真面目で若い感じしません？

というわけで、一首目は、もちろん紀女郎の「食べて太りなよー」への返答。あなたへの恋で胸いっぱいで、ますます痩せちゃいましたよ、と。

だけど二首目は、「あなたの合歓木なんて、結局実にはならんのでしょ」とちょっと拗ねた様子。これってつまりは「結局口で誘っても、冗談ばっかで本気にはならんのでしょ」ということである。

ばっちり『毛詩』や『玉台新詠』のような元ネタもわかってそうだし。教養の高さも可愛げもある。

しかし、こんなことを言っておいて、家持にも当時、幼馴染で結婚相手の坂上大嬢というお相手がいた。第一章で紹介した坂上郎女が心配した娘こと坂上大嬢だ。紀女郎による家持への掌握力を見ていると、母が娘の結婚を心配するのも無理はないのかもしれないが、紀女郎へ贈った一四六三番のあとに載っている一四六四番は、坂上大嬢に贈った歌になっている。

でも紀女郎と大伴家持はこのやりとりに留まらず、こんないいかんじの歌も贈りあっている。まずは紀女郎から。


神さぶと否にはあらずはたやはたかくして後に寂しけむかも　（巻四・七六二）

歳とったから拒否するわけやない、
ひょっとしたらこんなふうに拒んだ後に寂しくなるのかもね

おそらくまだ三十代くらいだった紀女郎だけど、でも「神さぶ＝年老いる」と言わなきゃいけない世の中だったのだ。悲しい。で、たぶん家持のことを一旦拒否したんである。でもそれは私が歳とってるからというわけじゃないよ、と……。

相変わらずプライドは高そうだ。でも、なんだか切ないような、可愛いような、いい歌だなと思う。

玉の緒を沫緒に搓りて結べれば在りて後にも逢はざらめやも　（巻四・七六三）

玉の緒を沫緒によりあわせて結んでるから、
長く生きてればいつか会えるって

「在りて後にも」つまりは「生き長らえれば」とか言うあたり、やっぱり年上の余裕を見せたい（ように見える）紀女郎。これに対して家持はこう返す。

百年に老舌出でてよよむとも吾は厭はじ恋は増すとも　（巻四・七六四）

あなたが百歳になって
おばあちゃんみたいに舌が出て、腰が曲がっても、
嫌になったりせえへんで、
ますます恋しくなることはあるかもしれんけどな

きみはアイドルなのか、と言いたくなってしまう年下男子・家持のこの返答。冗談にしてもちょっとド直球すぎて小っ恥ずかしい。でもこの歌をもらった紀女郎は笑っちゃったんじゃないかと妄想してしまう。

当時、家持は内舎人（うどねり）という、天皇へ仕える官職に就いていた。だからこそ遷都した先である恭仁京（くにきょう）へ、結婚相手の坂上大嬢を旧都に置いて、単身赴任でやってきた。おそらく同じく官職に就く女性だった紀女郎もまた、恭仁京へやってきていたのである。

だけど平城京へ都が戻ってきてから（これがわりとすぐ戻るのだ）、ふたりの歌のやりとりは万葉集に掲載されていない。だからこのふたりのやりとりは、家持の若い頃の年上女性との恋愛……くらいに紹介されやすい。でも、個人的には紀女郎の、安貴王とのやりとりを経てお姉さんになってからの恋愛として読みたいなあ、と思う。主役は家持じゃなくて、紀女郎なのだ。

彼女がこんなに教養とユーモアのある歌を詠めるのは、おそらく若い頃に蓄えた知識と知恵の賜物（たまもの）だから、歳をとってからのほうが、歌が素直で切なくて優しいものになっている。

# 少女漫画的な和歌を詠むヒロイン 額田王

万葉集の、いや日本文学史の永遠のヒロインこと額田王（ぬかたのおおきみ）！

ちなみに万葉集最初期の重要歌人。生年月日はわかっていないけれど、天武天皇の后で、十市皇女（とおちのひめみこ）の母であったことはたしからしい。

彼女といえば、やっぱり「あかねさす紫野行き標野行き野守は見ずや君が袖振る（巻一・二〇）」が有名なわけだけれども。この歌が万葉集に載ったがために「天智天皇・額田王・天武天皇」という兄弟間でバチバチ争われる不倫系美女というイメージがついてしまった、まさかのびっくりヒロインでもある。

が、あんまりこれは知られていないことなんだけど、額田王が天智天皇に愛されたというお話は……万葉集以外のどこにも載っていない。『日本書紀』に天武天皇の妻だとは書いているのだけど、天智天皇と額田王の関係についての記述は、無、である。

それがうっかり万葉集に大海人皇子（後の天武天皇）とのやりとりが載り、ただでさえ史料の少ない古代史、天智天皇との噂がまことしやかに後世へ伝わることになっている……というのが本当らしい。大海人皇子もうっかり「紫草のにほへる妹を憎くあらば人妻ゆゑにわれ恋ひめやも（巻一・二一）」なんていうがっつり名作な恋の歌を返すからこんなことに。

お二人の歌が上手すぎて、不倫関係が本物だったらいいのにな～と二次創作を作りたくなっちゃう後世の人たちの気持ちも、わかる。まあ現代でも、いい恋愛ドラマを見て、フィクションだとわかっちゃいるけど、主役のカップルを演じてる二人が現実でも付き合ってればいいのにな～と妄想しちゃう瞬間、あるもん……。

しかし万葉集の代表歌人を張るだけあって、やっぱり彼女の歌にはいいものが多い。たとえばこんな歌。

君待つとわが恋ひをればわが屋戸（やど）の簾（すだれ）動かし秋の風吹く

（巻四・四八八、巻八・一六〇六 ※万葉集中二カ所に掲載されている）

あなたを待って恋いこがれてたら、
うちの家の簾を動かして秋風が吹いたんよ

額田王が天智天皇を想い詠った恋歌、として万葉集には掲載されている。ほんまかいな、とツッコミを入れるのも忘れないようにしたいけど、でもやっぱり胸キュンしてしまういい歌だと思う。

当時は通い婚だったから、男性に会えるのは男性がやってきてくれる時だけ！ そんななか秋風とともにやってくる天智天皇！ 少女漫画っぽい！ まあこの歌で詠まれてるのは「あなたが来たかと思ったけど来たのはあなたじゃなくて秋風でした」って話なんだろうけど。それでも少女漫画っぽい（ちなみに漢詩にこういう表現がある）。

個人的な印象なのだけど、額田王の詠む歌って、どこかモチーフがかっちりあって、ちょっと大げさで派手で、少女漫画っぽいのである。大和和紀が漫画化するのも頷ける（※『天の果て地の限り』名作だからぜひ！）。

たとえば彼女の姉だとされる鏡王女の歌がこれと一緒に載っているのだけど。

風をだに恋ふるは羨し風をだに来むとし待たば何か嘆かむ　（巻四・四八九、巻八・一六〇七）

風が吹いただけでも恋できるなんて、うらやましいなあ。
風が来ただけで好きな人が来たかもだなんて期待できるんやったら、
なにを嘆くことがあるん。
——うちなんて好きな人が来ることないやろから風吹いても何の期待もないわ

こ、これはこれでいい歌だけど、少女漫画でいうとちょっと地味系ヒロイン！　控えめ自信ない系ヒロインの詠んだ歌っぽいの、わかるだろうか。額田王と対比するとわかりやすいかも。なんとなく額田王のほうが派手で自信がみなぎっているらしい。

ちなみに万葉集では、鏡王女と天智天皇が恋愛の歌を交わしてたりするので（巻二・九一、九二）、天智天皇の妻だったんじゃないか、と考えられている。が、しかし彼女はそのあと藤原鎌足と結婚して歌をやりとりしており（巻二・九三、九四）、天智天皇と結婚したあとに鎌足の妻になったのか～？　と言われているんである。鏡王女も万葉集の中心人物、ヒロインなんだ。

ついでに鏡王女の歌も見てみよう。まずは天智天皇の相聞歌への返歌から。

秋山の樹の下隠り行く水の我こそ益さめ思ほすよりは　（巻二・九二）

秋の山の、木々の下をひそかに流れる川の水みたいに、
表面上は出なくても、会いたいですって気持ちは
私のほうが勝ってますよ、
あなたが思っているよりも……

か、かわいい～～。地味だけどかわいい～～。一貫して控えめ系ヒロインなんだけど、「隠り行く水の我こそまさめ」とか、なかなかきれいで印象のいい比喩だなぁ、とキュンときてしまう。この歌いいよなぁ、教室で目立たなくともファンが多いタイプではなかろーか。私もファンだ。

玉櫛笥覆ふを安み明けていなば君が名はあれど我が名し惜しも　（巻二・九三）

櫛箱に蓋するみたいに、私たちの仲を隠すのは簡単やって、
櫛箱を開けるみたいに夜が明けきってから帰ったら、
あなたはともかく私に噂が流れるでしょ、そんなのいやです

いやこんなこと言われたらむしろ帰れないでしょ!?　と私ならあたふたしてしまう……。これは藤原鎌足に求婚された時の歌。噂が流れるからはよ帰ってくださいよ、という歌なのに、その比喩がよりにもよって「玉櫛笥の蓋をする」ってかわいいなおいおい、と素人目にはキュンとくる。櫛箱、っていまでいうとコスメ収納箱。朝、自分がおしゃれをする時に開ける箱に蓋するみたいに、私たちの関係にも蓋するなんて……。っていうの、なんだか女らしくてキュンときませんか？「蓋する」喩えを使いたいなら、もっとがさつな比喩もあっただろうにね！コスメの箱って。かわいい。

しかしこんなふうに鏡王女のほうにもいい歌があるのだけど、しかしなぜか一般的な知名度

だと額田王のほうが圧倒的に強いのは……歌の強引さの問題だろうか。やっぱり派手なほうが有名になるのだろーか。

額田王と鏡王女。伝説だと姉妹にあたる二人の歌は、詠んでいるとそれぞれの恋愛観というか、もはや性格のちがいが鮮明にわかって面白い。派手で大胆だけど根は繊細な額田王、対して控えめでやさしいけれど根はどっしり肝の据わっている鏡王女。

万葉集的に読むと、天智天皇は鏡王女から額田王に乗り換えたらしい。ほんとかどうかはともかく、そういうキャラ設定にしたい気持ちは、歌を詠んでいると、なんだか大変よくわかる。

COLUMN 3

## カテゴリ分けされるような、されないような

万葉集には、「部立（ぶたて）」というカテゴリに分類されている歌がある。主なものはこんなところだ。

雑歌：行幸、宴席や遊覧など「ハレの日」の歌や、天皇御製歌など、雑多な状況で詠まれた歌。
相聞：親しい間柄で心情を伝え合うために詠まれた歌。ほとんど恋愛の歌。
挽歌：人の死に関連する歌。故人を想う際に詠まれたものなど。

しかしほかにも「譬喩歌（メタファーを使って詠む歌）」や「問答歌（二首一組で成立する応酬された歌）」など、さまざまなカテゴリが記載されている。

私はたまに万葉集を「生き物っぽいなあ」と思う。全編が「雑歌・相聞・挽歌」に分けられていればきれいだけど、実際はそうではなく、うねうねといびつに成長しながらいまの形になったように見えるからだ。

整理整頓されていないからこそ、こんなにも多様で混沌とした歌集なのだろう。

# 第四章 映える歌

# メタファーで作る感情のタイムカプセル

鏡王女（かがみのおおきみ） 作

秋山の樹（こ）の下隠（したが）くり行く水の我こそ益（ま）さめ思ほすよりは

（巻二・九二）

水かさが増す秋山の川みたいやな、
私のほうが想ってるのって

今回は「あなたよりも私のほうが想いが大きい！」という地味系ヒロイン、鏡王女の歌に関連して、もう少し詳しくお話ししたい。

少女漫画でもしばしば見る「私のほうが好きだよ！」という歌で、言っちゃえば「あなたよりも私のほうが想いは強いんだよ」とそれだけの意味なんだけど。ここに、前半部分で「秋に、山の木々の下を隠れる川の水かさが増してくみたいに……」というメタファーが加わっている。メタファー。わかるだろうか。これから、恋歌に使われやすい「メタファー」についてお話ししよう。

メタファーとは何か？

万葉集においては大切な概念だ。比喩（ひゆ）。物事を何かにたとえること。たとえばりんごのような頬、とか。赤いことを「りんごのような」ってたとえている。

万葉集には「譬喩歌（ひゆか）」というカテゴリーがあるくらい、「比喩」つまりはメタファーの存在感が大きい。メタファーをきちんと読むことが万葉集の和歌を読むってことなんじゃないかなあ、と思う時もあるくらい。

メタファーがなぜ万葉集において大切なのか。たとえば変な話、好きな人に「自分がいまどのようにあなたのことを好きか」を伝えなければならない状況があったとする。

……難しいっ、と思いません!?

好きは好きでも、いろんな好きがある。離れている友達みたいに、最近会って話していないのが寂しくなる「好き」、ずっと一緒にいて感謝してる家族みたいにあったかく大切だと思う「好き」、ただひたすら性欲にまかせてどかーんと押しつけたい「好き」。全然、ちがう。

だけどそのどれも、現代語だと「好き」という一語におさめることができる。中身はちがっても、その感情を表現するのは「好き」という一語だったりする。

でも、「自分がいまどのようにあなたのことを好きか」を言葉にするのは、意外と、「好き」というひとことでは足りない。

単語ひとつで言い表せるほど、言葉はぜんぜん万能ではない。私たちはもっと多様な意味を伝えたいと思っている。

千三百年前、いやそのもっと昔に人類が発明したのが「メタファー」である。つまりは、「自分がいまどのようにあなたのことを好きか」を、「○○と同じように、好き！」と表現することを覚えたのである。

Aと同じ状態であるBにたとえたら、Aの内容がすこし相手に伝わりやすい。BみたいなA、と表現することで、私たちは相手にわかってもらいたかったのだ。

たとえばこの歌を見てほしい。

夏の野の茂みに咲ける姫百合（ひめゆり）の知らえぬ恋は苦しきものぞ

（巻八・一五〇〇）

夏の野原の茂みに咲く姫百合みたいに、
人に知られない恋は苦しいもんやね

姫百合というのは、赤くて小さな花なのだけど。夏の野原に姫百合がぽつっと咲いていても、茂みに隠れてよく見えない。そんな姫百合と同じように、ぽつっと隠れる自分の恋心は、見えづらい。だから苦しい。……とまあ、そんな歌である。

これなんかも、ただ「知られない恋って、苦しい」というよりは、「夏の野の茂みに隠れるみたいな恋心」とたとえたほうが、赤い一輪の花が野原にぽつんと隠れている様子が目に浮かんできて、伝わる情報量が多い。

こんなふうに、伝えたいものを何かにたとえることで、的確かつ美しく伝える手段が、メタファー（比喩）だ。

たとえばこんな歌もある。

言出(こちで)しは誰(た)が言(こと)なるか小山田(をやまだ)の苗代水(なはしろみづ)の中淀(なかよど)にして　（巻四・七七六）

好きやって言いだしたのは誰やったっけ？
小山田の苗代水みたいに、
通ってくるのも途中から滞っとったね

ちょっとユーモアがあって、くすくす笑ってしまうような皮肉を効かせた女性の歌である。自分のもとへ男性がなかなかやって来ないけど、稲を育てる水みたいに滞ってるぞ、とちくりと刺す。恋人への文句も、メタファーが入ることでユーモアのある皮肉に変わっている。直接的な表現だけで言われるよりも良いと思う。ほんと、メタファーの効用はすごい。

直接的に言ったら元も子もないことであっても、メタファーを使うことで、すこし本来よりも美しく、面白くコーティングできる。

秋山の木の下隠り行く水の我こそ益さめ思ほすよりは

（巻二・九二）

水かさが増す秋山の川みたい
私のほうが想っているの

今回の歌も、「あなたよりも私のほうが想いは強いんだよ」と言ってしまえばそれだけのことなんだけど、「秋に、山の木々の下を隠れる川の水かさが増していくみたいに」というメタファーを付加することで、なんだか自然の風景と重なる、美しい伝え方に変わる。

しかもこの歌、この前に詠まれた歌（巻二・九一）に「山の頂上」が詠まれていたことを受けて、今度は「山の谷底」を詠もう、という発想もあっての作歌だ。教養、頭の回転の速さが窺える。

私たちの本当の感情や思考なんて、シンプルに表現しようと思えば、いくらでもシンプルにできる。日常で感じていることは「つらい」とか「好き」とか、せいぜいその程度だろう。だけど、それを「もう少し自分の感情をきっちりつかまえて、言語化できないかなあ」と考えてみたり、「もうちょっと細部の塩梅（あんばい）まで相手に伝わってほしい」と思ってみたりすると、そこにメタファーが生まれることがある。

そしてそれは、文学というジャンルになる。

だって人間の個人的感情を、誰にでも共通して伝わる物語やメタファーにしたのが、文学だ。

私たちは、こうして千三百年前の感情を、読むことができる。メタファーがそこで、感情を、風景に、すいっ、とうつしてくれるかぎり。

# 酔いも眠気も覚めさせる怖い歌

作者未詳

「暁の目覚まし草とこれをだに見つついまして我を偲はせ
（巻一二・三〇六一）

「夜明け前、目覚まし草としてこれを見てな、そんで私を思い出してな

「正しい日本語」をしきりに主張する人がたまにいるけれど、私は言語に正しさなんてあるのだろうな、と六思

議に思う。

最近の若者言葉であるところの「卍」とか「わろたｗ」とか「(^O^)」とか、正しい日本語じゃない、って言う人がいるけれど、それってすごくもったいない。日本語にカウントしたほうが絶対に面白い。

たとえば「卍」と書いて「まんじ」と読むことが流行ったのは、おそらく「卍」という漢字の形がかわいいという理由もあるけれど、「まんじ」という言葉の語呂がいいこと（まじ、まんじ、と使えば五音になるし韻も踏める）も理由のひとつだろう。この双方の理由が両立するのは、「表記」の面と「音」の面の双方で漢字を見ることができるからなのだ。私たちは、そんなこと教わってもいないのに、漢字を「かたち」と「おと」の両方で見ている。

万葉集の原文を見てみれば、

五更之目不酔草跡此乎谷見乍座而吾少偲為

これで「暁の目覚まし草とこれをだに見つついまして我を偲はせ」と読む。

「五更(ごこう)」は中国の表記方法で、午前三時～五時のことだ。中国では夜が更けて日が昇るまで、つまり一夜を五つに区分する単位があって、一更は午後七時～午後九時、二更は午後九時～午後十一時……と二時間ずつに割って、五更は午前三時～午前五時。

「目不酔草」は「めざまし草」。酔いを覚ます、というところから「不酔」を「さまし」と読ませている。……こう見ると、漢字を「意味」で捉えていることがわかる。

「訓字」と呼ぶのだが、表意文字として漢字を使っている。「酔」は音読みすると「スイ」、訓読みしても「よ（う）」としか読めないけれど、今回は、「不酔」の二字を合わせて表意文字として捉えている。

「目不酔草」のあとにやってくる「跡」は、「と」と読む。ただの「表音文字」としてしか使っていない。「跡」の意味は考慮されずに、「アト」という訓仮名で読む文字の、「ト」のみを使っている（万葉集には、二文字の訓読みの、一文字のみを読む、という手法がよくある。「略訓（りゃっくん）」と呼んだりする。「常」って書いて「と」って読ませる、とか）。

……万葉集でこのふたつの読み方を見ていると、「卍」を現代の女子高生が使うのも、だいぶ日本の伝統を汲んでいる。

漢字はそもそも表語文字（音と意味の両方を示す文字）なので、表意文字と表音文字の双方の目で捉えられ、そこから多様に使える手法がある。

アルファベットだとＡＢＣという文字それぞれに音はあるけれどそれ単体じゃ意味はなさないし、Tomはトムとしか読めず、catもキャット（猫）という音と意味が固定されている。だけど私たちは「魚へんがついてる漢字だから魚に関係する漢字だろ、なんて読むのかわからんけど」とか「鳥之聲可聞（とりのこえかも）ってなんとなくわかるな（巻六・九二四）」とか「卍ってウケる〜まじまんじ〜」とか「いやまじ草生えるわ」とか言える。それは万葉集の時代から脈々とつづく漢字と私たちの不思議な関係があったからだ。「w」が「わらい」なのとか、どう考えても万葉集の「略訓」の考え方と同じ類（たぐ）い。


　じゃあ今回の歌の意味はどんなものか。

　おそらく何かの「草」を添えて贈られたこちらの歌。なかなか自分のもとへ通ってこない恋人に向かって、「ほらこれが、あんたの目を覚ます草だって。ちゃんと私のこと、思い出してね（てか私のもとへ来ないでなに眠ってんのかしら？　夜明けまでどこにいたのかしらね〜）」と贈った、わりと皮肉っぽい歌なのである。（　）の部分は私が妄想で付け足したものだけど。

　私のこと、忘れないでね、思い出してね……と殊勝に贈った歌、とも解釈できるのだけど（たぶんこの歌が古典の教科書に載ったら、高校の先生はそう教えると思うけど）、どうかなあ。

「夜明け前」とわざわざ言ってるあたり、「こんな夜明けに家へ帰るなんてどこにいたのかしらね？」あるいは「私がいない夜は、ぐっすり眠れたかしら？」といったニュアンスが込められているように見える。だってほんとに「私のこと思い出してね」という歌なら、夜明け前じゃなくて、夜が来る前に思い出してほしいはずだ。

今回の歌の前と後に掲載されている歌は、どちらも「忘れ草」（ユリ科の萱草（かんぞう）という花のこと）を詠んでいて、今回の歌で詠まれている「めざまし草」も、「忘れ草」の別称ではないか？と言われている。

これもまたほんとなら、ますます皮肉っぽい話だ。誰かのこと、ゆううつなことを「忘れさせてくれる」草を渡して、「ほら、これがあなたのめざまし草よ」と、にっこり微笑むわけだから。やっぱりこれ、別の女がいて自分から足が遠のいた男に向けた歌ではー!?　と私は考えてしまう。

そうだとしても、忘れ草そのものより、彼女の歌のほうが、男性にとってはよっぽど効力のある「めざまし草」だっただろうけど。なむなむ。

# 四季を「作った」歌

持統天皇(じとう) 作

〔春過ぎて夏来(き)たるらし白たへの衣(ころも)干(ほ)したり天(あめ)の香具山(かぐやま)〕

（巻一・二八）

〔春がすぎて夏が来るらしいなあ。
真っ白な服を干してる天の香具山へ〕

おそらくこの歌を読んで、「あれ?」と思ったあなたは百人一首に詳しい。「春すぎて夏来にけらし白妙の衣ほすてふ天の香具山」が、正しいんやないの? と首を傾(かし)げたそこのあなた、うん、あってるあってる。百人一首であればそれが正しい。というのも「春すぎて夏来にけらし白妙の衣ほすてふ天の香具山」は『新古今和歌集』夏の巻頭歌で、万葉集とは語尾がちがうのである。

でも持統天皇が詠んでるのに、なぜ『新古今和歌集』と万葉集ではちがうの?

と疑問を持つのは当然のことである。

なぜかって『新古今和歌集』バージョンは、万葉集の、平安時代の訓読のひとつなのである。

春過而　夏来良之　白妙能　衣乾有　天之香来山

こちらが万葉集の原文。この漢字ばかりの和歌に、ひらがなで訓を与えることを「訓読」と言う。しかし「この漢字、こう読むんじゃない？」と推測を重ねていけば、当然、誰が読むかによって訓も変わってくる。

もちろん、時代ごとに「だいたいこのあたりの読み方だろ」という共通了解はできるが、ものによっては「Aの訓」派と「Bの訓」派で対立することもある。そして、時代とともに通説は「みんなAの訓で読んでたけど、実はBの訓じゃない？」と変化する。

つまり今は研究が進んで、「春過ぎて夏来たるらし白たへの衣干したり天の香具山」という訓がだいたい正しいやろ、という結論に至っているけれど。平安時代の段階では「春すぎて夏来にけらし白妙の衣ほすてふ天の香具山」なんじゃないの？　と思われていた、ということだ。「来良之」とか、「けらし」って読みたくなるの、わかるでしょ？

時代が変われば、訓も変わる。現代の私たちからすると、奈良時代も平安時代も同じく「昔」だけど、平安時代から見ると、奈良時代はけっこう遠い「昔」だったのだ。


……と、訓に関するうんちくを述べてみたところで。

歌の本文も見てみてほしい。

「白たへの衣」は、真っ白な衣のこと。

夏になった途端、神事に使われる服が干されており、ぱあっと広がる白い景色。——なんだか、洗濯洗剤のＣＭか？　とでも言いたくなるほど、爽やかな景色。


けど、実際に当時の人々の感覚を持ち込むと、歌もちがって見えてくる。

たとえば、当時の人々は、夏を好ましい時期として歌うことはほとんどなかった。実際、万葉集で夏の歌はすごく少ない。夏は乾燥していて、あまり好ましい時期ではなかったらしい。まあ春って冬が終わっただけでも好ましいけど、春から夏への推移ってそこまではっきりわからないもんねえ。

と思っていたら、そもそもこの歌以前の時代は、季節の推移を歌に詠む、という発想がなかったらしい。四季で一年を分けるのは、中国の暦法の考え方だ。暦法が浸透し、その影響で「四季」という存在を万葉集の時代に私たちはしっかりと覚えた。それゆえにここでやっと、季節の移り変わりを感じる、歌に詠む、という発想が生まれたのではないか……と言われている。

たしかに季節の推移を詠んだ万葉集の歌って、

石走る垂水の上のさわらびの萌え出づる春になりにけるかも
（巻八・一四一八）

岩の上に落ちる滝のそばのさわらびが、芽を出す春になったんやなあ

ひさかたの天の香具山この夕霞たなびく春立つらしも
（巻一〇・一八一二）

天の香久山に夕べの霞がたなびいてんなあ。春が来たらしいなあ

などがあるが、それほど多くはない。

平安時代の歌集である『古今和歌集』になると、いっぱいあるのだけどね。「日本には四季があって、季節の移り変わりを感じて……」と、私たちはあたかも日本に四季があることを当たり前だと思いがちだけど。

実際のところ、四季なんてものも、中国から取り入れた思想にすぎない。というか、思想が浸透していないと、「四季がある」という発想すら、私たちには思いつかない。

たとえば虹が何色に見えるか、なんてことも、文化によって異なるらしいけど。季節もまた、文化的な思想の産物だ。

万葉集を読んでいると、「現代と同じだなー、人間って変わらないなー」と共感する部分と、「全然現代とちがう、奈良時代ってこういう考え方してたんや」と驚く部分と、両方ある。私たちはそのどちらも持ちながら、それぞれの時代を生きる、のだろう。

# 露を真珠に ——インスタ的な歌

大伴家持 作

我がやどの尾花(をばな)が上の白露を消(け)たずて玉に貫(ぬ)くものにもが

（巻八・一五七二）

家の庭に咲いてる尾花のうえにこぼれる露、
消えずにそのまま真珠として糸に通せたらええのに！

尾花のうえの露を、そのまま真珠にして残しておきたいな……！　という歌である。これだけ見れば、何の変哲もない、さくっとした歌。

ちなみに「尾花」は、秋の七草に詳しい方ならおわかりかと思うけど、ススキのこと。秋の七草のひとつ。ススキにこぼれるように載る露。ぽたぽたと落ちていってしまうけど、ああこのまま真珠として保存できたなら……。

なんて風流な歌。

そう、本書の冒頭でも言ったけれど、一般的に和歌といえば、なんだかやたら「きれいな情景描写」を詠んだもの……という認識がある。

たとえば桜。たとえば紅葉。たとえば旅先の風景。あるいは夕焼けに感動して、わぁきれいだなぁ……と和歌を詠んだ。昔の人は雅(みやび)で風流な生活を送っていた。というのが、古典の授業で私たちが習うはじめての和歌の印象ではないか。

個人的には、もちろん景色を詠んだ歌も好きだけど、それ以上に、当時を生きていた人々のじんわりとした感慨、感情、あるいは「あるあるある……」とつぶやいてしまいそうになるほど変わらない、人間の心情を表現した歌のほうが好きだ。

じゃあ教科書に載っていた「景色を詠む歌」が、全然面白くないのか？　と聞かれれば、そんなことない。

こんなふうに自分の見たきれいな景色を残したくなるのは、決して昔の人だけではない。そう、景色を詠んだ歌というのは、現代でいえば「インスタ映え」を狙った歌……と考えれば、すべてが理解できる。

Instagramのアプリをぜひ開いてみてほしい。自分の写真をアップする芸能人や店のごはんの写真を載せる店舗とはちがい、我々一般人が「インスタ」に投稿するとき、一番当たり障りなく、写真を載せられるのは何だろうか。

それは、ずばり、景色、だ。もっと言うと、季節に合った景色。それから旅行先の風景。それから日常のちょっとした、きれいな一コマをうつしとった情景。

たとえば梅雨の時期だったら「あじさいの写真」、京都へ旅行にいけば「金閣寺と紅葉の写真」、それから春に美しく咲く「桜が満開の写真」。

………和歌では？

そう、現代日本でSNSにみんなが投稿するものは、テーマが「和歌」とかぶる。

私が勝手に考えている仮説は、思想の対立もなければ人間関係に亀裂も挟まない「風景」の話が、一番当たり障りなくみんなで「わあ素敵〜！」という感情を共有できるジャンルなのではないか……と。

だから風景を詠んだ和歌を、今のご時世の私たちが読むとき、まあたいていは「この風景、インスタ映え！」と思って詠んだんだなと思うと、面白く読めてくる。

さらに、私たちはSNSに写真を投稿するとき、何かひとことを付け加えたくなる。

たとえば家の庭にススキがあり、そのうえで露がこぼれそうになっていると、「露、消えちゃわずに、宝石としてブレスレットにしたいな……」という言葉とともに写真をアップしたくなる。……なったんだよ、家持は！　そんなテンションで和歌を詠んでいたのかもしれない。

というわけで、これから先、「わあ風流！」と思う歌が登場したときは、「うーんインスタ映え！」と思いつつ読んでみることをおすすめしたい。

意外と人間の考えてることは変わらないし、現代人も、昔の歌人も、「このすてきな風景を残したいな、人と共有したいな、誰かに伝えたいな」と願う感情は、まったくもって同じものじゃないだろうか。

# 星の林に月の船を浮かべて

天（あめ）の海に雲の波立ち月の船
星の林に漕ぎ隠る見ゆ

（巻七・一〇六八）

天空の海に雲の波が立つ。
そして月の船は星の林に漕いで
隠れてゆくとこが見えるなあ

ものすごく壮大な歌だ。
天を海に、雲を波に、月を船に、星を林にたとえ、

柿本人麻呂（かきのもとのひとまろ）作

月が空を渡るところを詠んでいる。

私の体感でしかないけれど、この歌のファンはとても多い。頭のなかに鮮やかなイメージが浮かんでくるような、視覚情報の多い歌だからだろうか。読んだときの情景が、スローモーションで再生されるような歌だからだろうか。


ところで、この歌を万葉集の原文で見てみれば、こんなふうに書かれている。

詠天
天海丹雲之波立月船星之林丹榜隠所見
右一首柿本朝臣人麻呂之歌集出

え、この歌の前にある「詠天」ってナニ？　あと「右一首柿本朝臣人麻呂之歌集出」って書いてあるけど、どゆこと？　柿本朝臣人麻呂って？

今回はこれを説明しよう。

「柿本朝臣人麻呂」とは、「柿本人麻呂」のこと。聞いたことがあるかもしれない。万葉集最初で最大の歌人。彼にどれくらい才能があったかといえば、柿本人麻呂がいたから生まれた枕詞が大量にあるくらい。新しい表現や、他人の歌の代作など、多様な方面での存在感が大きい。

「柿本朝臣人麻呂之歌集」とは、「柿本人麻呂の歌集」の意味。

万葉集が生まれる前に、「私家集」という個人あるいは家の単位で歌を集めた歌集があったらしい。万葉集にはたまに「この歌は、この私家集からとってきましたよ～」と注釈がついていることがあるのだけど、今回もそのパターン。柿本人麻呂が集めた、あるいは柿本人麻呂のもとに集まった歌たちが収録される「柿本人麻呂歌集」から一首掲載、というわけだ。

万葉集で人麻呂歌集からとってきた歌はだいたい三六四首ある（だいたい、というのは数え方によって異なるから）。残念ながら人麻呂歌集は現存してないから、どんな歌集だったのかはわからない。

しかし面白いのが、万葉集を編集する段階で、彼らは人麻呂歌集を「昔の歌」として捉えていたこと。

今回の歌もそうなのだけど、たとえば巻七には、「人麻呂歌集からとってきた歌」と「万葉集ではじめて掲載した歌（出典不明の歌）」が、交互に並んでいる。

今回の歌は、巻七の巻頭、つまり最初に掲載されているのだ。

いまも漫画雑誌で、雑誌の最初に載っている人気漫画に「巻頭カラー！」なんて煽り文句がついているけれど。今も昔も、「いちばん最初に掲載する」のは、どうやら「いちばんえらい」作品だ、という考え方があるらしい。

そこで万葉集をつぶさに見てゆくと、「人麻呂歌集の歌をお手本にして歌を作りましょう！」という姿勢があるようだ、とわかってくる。

お手本とはつまり、万葉集編纂段階において、人麻呂や人麻呂歌集の歌というのは、もうすでに、お手本とすべき「古典」だった！

いまでいえば、私たちにとって森鷗外の小説が古典であるようなものだろうか？　当時の人たちにとっては、人麻呂歌集は、立派な古典だった。

私たちからすると、いや人麻呂も家持も変わらず「古典」だよ～と笑っちゃうけど。

人麻呂歌集の歌だからといって、人麻呂の歌、とは言い切れない。人麻呂歌集には、人麻呂が朝廷で集めた歌、それから当時の伝誦歌（でんしょうか）が掲載されていたらしい（もちろん人麻呂自身の歌もあるだろうけど）。

でも、歌を見てみれば、「天」を「海」、「雲」を「波」、「月」を「船」、「星」を「林」に見立てるなんて、「は、派手……」と言いたくなる。

天を海に見立て、雲を波と捉え……というと、どこか「なんとなく漢詩の影響が大きいのかな？」と言いたくなる表現なんだけど。どこかしら匂ってくる、漢詩っぽさ。

しかし実際に漢詩を調べてみると、「天海」という表現は漢語として存在しているものの一般的ではないらしい。

奈良時代には『懐風藻（かいふうそう）』という漢詩集が存在していた（すごくないですか、日本人による漢詩集ですよ。いまでいえば日本語話者のアーティストたちが、みんなで英語の洋楽を作ってアルバムにまとめるようなもんです）。『懐風藻』には、今回の歌と似たような語彙である「月舟」という言葉が載っている。漢詩か、はたまた人麻呂の影響か。どちらの影響かわからないのも、面白い。

こう読むと、万葉集だって一朝一夕に誕生したわけじゃない。中国の古典や、個人の私家集があってはじめて、こんな大きな歌集が生まれ得たんだな、と、わかってくる。

# 雪のように舞う梅の花びら

我が園に梅の花散るひさかたの
天(あめ)より雪の流れ来るかも
（巻五・八二二）

うちの庭に梅の花が散ってる。
遥か遠く、
まるで天から雪が降るみたいに

「令和」という元号が発表されてからというもの、
万葉集に関する本がちょっとしたブームになってい

大伴旅人 作

た（後の時代の人が読んでることを期待して書き残しとく。二〇一九年にはちょっとした万葉集ブームがあったんだよ！）。なんせ池袋のジュンク堂（とても大きい書店）に、万葉集特集の棚が作られましたからね⁉　すごい。私は感動した。

「令和」は万葉集が出典なわけだけども、じゃあ該当箇所はどこかといえば、こちらである。

梅花謌卅二首并序
天平二年正月十三日、萃于帥老之宅、申宴會也。于時、初春令月、氣淑風和。梅披鏡前之粉、蘭薫珮後之香。加以曙嶺移雲、松掛羅而傾蓋、夕岫結霧、鳥封縠而迷林。庭舞新蝶、空歸故鴈。於是蓋天坐地、促膝飛觴。忘言一室之裏、開衿煙霞之外。淡然自放、快然自足。若非翰苑、何以攄情。詩紀落梅之篇。古今夫何異矣。宜賦園梅聊成短詠。
（巻五・八一五　題詞）

……「令和」、見つかりますか。いけますか。

「初春令月、氣淑風和」ここだよ！　一行目あたりのとこですよ。

こちらは題詞。歌の前に書かれている、序文というか、歌の説明みたいなもの。

ここから万葉集本文には、通称「梅花歌三十二首」と呼ばれる歌たちが並ぶ。実はこの三十二首、「梅を見るために集まった宴会で、それぞれが披露した三十二首」となっている。たとえるなら「仕事仲間の飲み会でカラオケに行ったときのセットリスト32歌を順番に載せます！」というイメージで考えてほしい。

題詞には、ざっくりいえば「梅を見るのに格好の天候の今日、宴会を開催しましたよ〜」という話が綴られている。で、その宴会の歌はどういう歌かといえば、基本的には「梅」が詠まれている。

たとえば、

梅の花今盛りなり思ふどちかざしにしてな今盛りなり　（巻五・八二〇）

梅の花は今が盛りやなあ。
仲いいみんなの髪飾りにしたい、しようかな。
梅の花って今が盛りやからなあ

で、「梅の咲きごろは今が盛り！」と盛り上げる。

「思ふどち」は「気のあった親しい人同士（要は宴会に来てる人のことね）」、「かざし」は髪飾り、髪に挿す飾りのこと。梅の花を髪飾りにしよっかなあ、こんなにきれいに満開なんやし……というテンションですね。

しかし。このあとにこんな歌が来る。

我が園に梅の花散るひさかたの天（あめ）より雪の流れ来るかも　（巻五・八二二）

うちの庭で花が散っとんなあ。
遥かなる天から雪が流れてきてるみたいやなあ

いきなり「梅の花が散っている」話が出てくるんである。あれ、さっきまで「梅はいまが盛り！」って言ってなかったっけ？

すこし歌の解説をしよう。

「ひさかたの」は「天」の枕詞。もとは「久方」と書くから、「悠久の」とか「はるか遠く」とかいった意味。イメージとしてはずっと遠くの、空の向こう、とか、ずっとそこに変わりなくある太古の昔からの時間軸で捉えた天空、とかそういう感じで考えたらわかりやすいかも。

で、この歌では、庭にはらはらと散る梅の花が、天空からはらはらと降ってくる雪みたいだね、と言われている。

「庭に散る梅」と「天から流れて来る雪」が重ねられている。

うつくしい歌だと思いませんか。私はわりと好きだ。白い梅の花が舞うその景色が、雪が降ってるみたいだねなんて、ちょっとキザだけどうつくしくて。

……しかし、これが「うつくしいなー」なんてぼんやり思えるのは、宴会のその場ではなく、千三百年後に万葉集を読んでいる我々だから。

なぜなら、万葉集を見ると、この歌が詠まれたあとに、

梅の花散らくはいづくしかすがにこの城の山に雪は降りつつ
（巻五・八二三）

梅の花が散るって、どこのことなん？

って見てみたら、近くの城の山にはまだ雪が降ってんなあ。

梅って、雪のことやったん？


と、わりととぼけた歌が返されているのである。

ちなみにこの宴会が開催されたのは、題詞によれば旧暦「正月十三日（天平二年）」。現在の暦、つまり太陽暦では「二月八日（西暦七三〇年）」のこと。

……梅が散るのに、二月上旬って、ちょっとはやいのではないか。

だとすれば八二二番ではどうして「梅が散る」なんて詠まれたのか。

真相はわからない（というか、真相解明のために現在万葉集研究者が頑張っている）。でも私が妄想するには、さきほどの八二二番を詠んだのは「主人」だと書かれており、つまりはこの宴会の主催者である大伴旅人だ。

八二二番は、宴会の歌にしては、ちょっと、キザでうつくしすぎる。――つまり宴会の主人がノリにまかせて「梅が散るのは、まるで雪みたいやね……☆」という文芸的、いや詩的すぎる発想でぽろっと詠んでしまった歌なのではないか。まあ「梅が雪みたい！」って言いたいがために「梅が散ってる」と詠むとか、ありそうな話だ。思いついたら言いたくなっちゃうよね。宴会の主人だし。

困るのは、宴会に招かれた役人たちだ。ちょっと風流すぎるキザな歌をお偉いさんに詠まれたとき、その後の客は……どうやってその場の空気を作っていくべきなのか!?

現代でいえば、宴会のカラオケで、上司がめちゃくちゃバラードを歌いきったあと、部下はその次に何の歌を入れるべきなのか!?

で、この詠み手（万葉集には大監伴氏百代（だいけんばんじのももよ）とある。眉を掻いていたおじさん、大伴宿祢（すくね）百代のことだ）はえらい。「え〜梅が散ってるってどこのことなん〜？　あっほら山には雪が降ってんで、あれのことかいな」と、わざととぼけた歌を詠む。

たぶんこう言われたら笑いが起きる。「見間違いやないわ！」などのツッコミも起きるであろう。宴会の歌はこう続く。

梅の花散らまく惜しみ我が園の竹の林にうぐひす鳴くも　（巻五・八二四）

梅の花を散るのを惜しいなーって思ったんかなあ、
うちらの庭の竹林で鶯がめっちゃ鳴いてんで

さっきの歌に乗じて、鶯に話題をスライドさせる！　ちゃんと旅人の「我が園」を受けてるし、そのうえで「鶯」の歌になっている。

……こうして、宴会の歌は続いていく。なかなかにスリリングな、いかに空気を読みつつ笑いと和歌を奈良時代の人々が扱っていたのか、わかる。ほんとは梅花歌三十二首ぜんぶ紹介したいくらい、面白い箇所なのだ。

ちなみに「令和」はBeautiful Harmonyと英訳されたらしい。響きもよくて、なんだか素敵な英訳じゃないか、と話題になっていた。

……が、しかし。その裏で出典となった万葉集を覗いてみれば、こんなふうに、宴会の「調和」はみんながちょっとずつ冷や汗をかきつつテンションを上げ、そして笑いながらお酒の勢いにまかせて作られていったものだったんだなあと笑ってしまう。「令」「和」も、「宴会を開催するのによき日」という意味からとられてるし。

万葉集の時代の人々もBeautiful Harmonyを維持するのも、ラクではなかった、のかもしれない。

# 謎に満ちた歌の神 柿本人麻呂

万葉集のなかでいちばん有名な歌人といえば、彼だろ。と名指しで呼んじゃいそうなナンバーワン歌人・人麻呂先輩は、なんと平安時代以降「歌の聖（神）」と崇められていた。「歌の神」となり、歌をうまく詠みてえ～と願っていた藤原兼房（ふじわらのかねふさ）（平安時代の歌人さん）の夢に現れた。そして兼房は人麻呂の絵を飾って毎日礼拝した、という伝説まで作られているのだ。このあと本気で人麻呂の絵が礼拝されるようになるのだから（しかも後世、宗教的な話にまで発展する）彼の和歌世界におけるカリスマっぷりたるや。

そんな歌の世界の神こと人麻呂さん、経歴はあんまりよくわかっていない。いまわかってい

ることといえば、天武天皇の時代に活躍し始め、持統天皇の時代に宮廷歌人として歌を詠んだんじゃないか、ということくらいだ（どれくらいの地位についていたのかもわからない）。

しかし彼のことはよくわかっていないが、彼の歌集は現代の私たちにとって大きな資料的価値を持っている。というのも、繰り返しになるが「柿本人麻呂歌集」という言葉が万葉集にはしばしば登場していて、おそらく万葉集が編纂される際に歌を集める資料として使われた歌集だろう、と言われているからだ。人麻呂の歌を集めたのか、人麻呂が集めた歌を載せているのか、深くはわからないけれど、『柿本人麻呂歌集』は万葉集の編纂過程を想像させてくれる大切な資料だ。まあ歌集そのものはいま残っていないいんだけど！　でも、きっと当時同じように既に存在していた歌集たちがほかにもあって、そこから選んだ歌を採録したのが万葉集なんだろう……とヒントをくれる存在なのだ。

万葉集がどうやってできたか、というのはまだまだ謎に満ちた問いで、ほんとのところはよくわかっていない。大伴家持が編纂に関わっているのだろう、とか、だいたい七六〇〜七八〇年頃に成立したんだろう、くらいしか。でも、ある日突然「ハイ万葉集ができましたー！」って生まれたというよりは、いろんな歌集やいろんな人から集めてきた歌たちを並べ、増やし、徐々にいまの形になったのでは、と考えられている。

ここで触れたついでに『柿本人麻呂歌集』についてちょっと専門的な話をしてみたい（興味のない人はすっとばしてね）。実は、『柿本人麻呂歌集』から収録した万葉集の歌の一部には、表記に変な特徴があるのだ。

①恋死　恋死耶　玉桙　路行人　事告無　（巻一一・二三七〇）
（恋ひ死なば　恋ひも死ねとや　玉桙（ほこ）の　路行き人の　言も告げなく）

①の歌を見てほしいのだけど、「恋死」で「恋ひ死なば」と読ませている。
……いや、ちょっと、漢字、少なくない⁉　とツッコミを入れたくならないだろうか。っていうかもはやこれだと、中国語みたいじゃん⁉　と。

この表記、「助詞に漢字をあててない」のだ。ちなみに助詞に漢字をあててるバージョンの表記はこちら。人麻呂歌集の歌ね。

②敷栲之　衣手離而　玉藻成　靡可宿濫　和乎待難爾　（巻一一・二四八三）

（敷栲の　衣手離れて　玉藻なす　靡きか寝らむ　我を待ちがてに）

「敷栲之」の「之」が「の（＝助詞）」にあてられているの、わかるかしら。たかが助詞、されど助詞。人麻呂歌集のなかでも助詞に漢字をあてているものとあてていないものがある。いったいなぜ!?　ちなみにこれを研究者は「略体」「非略体」と呼んだりするんだけども。研究者の間でも謎だった。そして人麻呂から遠く時代が離れて大伴家持の時代になると、こんな表記になる。

③可須美多都　春初乎　家布能其等　見牟登於毛倍婆　多努之等曽毛布
（巻二〇・四三〇〇）

（霞立つ　春の初めを　今日のごと　見むと思へば　楽しとそ思ふ）

完全に、一音一文字！　ここまでくると「おお、あとはもうひらがなカタカナの登場を待つだけですね」と思えるのわかります？　これを簡単に書こうとするとひらがな、カタカナになるだろうな～と想像がつく。

……え、なら、どんどん助詞も含めて漢字の表記する部分が多くなっていった、①→②→③の順で表記が発展していった、って言えばいいんじゃないの？　とカンのいい方は思われるかもしれない。①②③の順にどんどん日本語っぽくなってるし。うん、私もそう思ってたさ！ふつーはそう考えるよね！

しかし、そうは問屋が卸さない。残念ながらとある木簡の登場（二〇〇六年）によってこの説がくつがえってしまった。

④「皮留久佐乃皮斯米之刀斯」
（はるくさのはじめのとし）

こちらの漢字の木簡、「難波宮跡出土万葉仮名文木簡」といって、なんと地層（！）的に七世紀中頃、つまりは家持の表記の時代よりもずっと前に「ひらがなっぽい表記」があったことを示してしまった木簡である。

これにて①→②→③というきれいな図式は外れてしまい、万葉集の時代の表記には様々な謎が残ってしまった。

COLUMN 4

## 巻ごとにテーマを総ざらい

万葉集はきちんと秩序立ったカテゴリーの順に並んでいるわけではなく、年代順に並んでいるとも限らない。が、それでも巻ごとに、テーマみたいな特徴はある。

巻一～四、六：雑歌・相聞・挽歌。「純・万葉集の歌」たち。
巻五：漢詩文と和歌・書簡多め！　大宰府の文化圏の歌。
巻七～十二：古今で比較してみた歌。民謡や四季の歌も。
巻十三：雑歌・相聞・問答・譬喩歌・挽歌。長歌たち。
巻十四：東歌を中心に、地方の民衆短歌たち。
巻十五：新羅に向かう使人の歌と、流刑によって別離を迎えた夫婦の歌。
巻十六：作家事情を伝える「有由縁并雑歌」や歌物語の巻。
巻十七～二十：大伴家持歌日誌。
巻十三以降、いかにもあとから付け足した風でしょう？「万葉集はだれが、どのように作ったのか？」という謎についても、「あとからちょっとずつ増やしていったのではないか」という答えが濃厚になっているのも納得できるのだ。

第五章
心の歌

# 滅びゆくものは歌になる

柿本人麻呂 作

近江(あふみ)の海夕波千鳥(ゆふなみちどり)汝(な)が鳴けば心もしのにいにしへ思ほゆ

（巻三・二六六）

近江の海の夕波千鳥、
きみがそんなに鳴くと、心もしおれて、
むかしのことを思い出してしまうわ

喜怒哀楽、という言葉があるけれど、「哀」はやっぱり文学のテーマにいちばんなりやすい。世界の名作全集を見回してみても、「哀」を描いた名作はとても多い。人間はかなしい時こそわざわざ言葉にして自分を癒(いや)すのかもしれないし、むしろかなしい時くらいしかわざわざ文学の言葉を使おうとしないのかもしれない。

日本の歌集を見てみると、まあ万葉集には比較的「喜」「怒」「楽」の感情がたくさんあるように思うけれど、だけど「哀」はやっぱり歌になりやすいのだろう、たくさん詠まれている。ちょっとしめっぽいが、そんな歌も紹介してみる。

おうみのうみ、ゆうなみちどり、ながなけば。一度は口ずさんだことのある方も多いかもしれない。今回は教科書にも載ってる有名な歌である。ちなみに作者は柿本人麻呂。

前章でも紹介したように、柿本人麻呂は万葉集でもかなり初期の歌人。いろんな美しい造語を生み出したところが特徴だ。枕詞を新しく作ったり、新しい語句を生み出してみたり、柿本人麻呂がいたからこそ使われるようになった和歌の言葉もある。日本語を変えたクリエイターといっても過言ではない。

今回の歌も、「夕波千鳥」は柿本人麻呂の造語だ。もちろん「夕波」も「千鳥」も元からあった言葉だけど、そのふたつを組み合わせたのは柿本人麻呂の腕力である。コピーライターのような才能だ。

波たつ夕焼け（とは限らないんだけど、夕べの空といえば夕焼けといきたいところだ）、千鳥が波間であそんでいる声が聞こえる……という風景を一語「夕波千鳥」で表現しちゃうあたり、ただもんではない。「夕波」で視覚、「千鳥」で聴覚の双方を伝えているところも、なかなかどうして実力派である。

と、言うとなんだか美しい夕焼けの歌に見えるけれども。この歌の背景を見てみると、どろどろと血にまみれた政治闘争が存在する。

　この歌でなぜ人麻呂が「いにしへ思ほゆ」と言ってるか。近江の都には、数年前まで美しい首都があったのである。だけど遷都してしまって、いまはもう荒れ果てた場所になってしまった……という事情がある。

「近江の海」とは琵琶湖のこと。つまりは滋賀のあたりに、昔は大津の都（大津宮）があった。天智天皇が治めた、栄えた都だったらしい。先ほども登場しましたが、天智天皇ってあれですよ、大化の改新の人（※中大兄皇子）ですよ！　覚えてますか！

だけど壬申の乱（こちらも覚えてますか、天智天皇亡きあと、天智天皇の息子・大友皇子と、天智天皇の弟・大海人皇子（※後の天武天皇でしたね）が争ったやつですよ！）によって大津宮は壊滅してしまった。というわけで天武天皇は飛鳥へ遷都した（飛鳥浄御原宮）。この都は持統天皇まで続くことになる。

　柿本人麻呂は天武・持統天皇時代にいちばん活躍した歌人だったから、大津宮がもはや荒廃してしまった時代に生きている。

　だから、近江といえば人麻呂にとっては「いにしへ」の都である。実はこの歌以外にも、人麻呂は「近江荒都歌（おうみこうとのうた）（巻一・二九〜三一）」という、近江の旧都を詠む歌を作っている。

なんでまた今の都じゃなくて、昔の都を詠むのか!?　とツッコミを受けそうだけれども。たとえば昔の人への鎮魂歌だとか、昔を思い出すノスタルジーとか、いろいろ解釈はあるけれど。個人的には、やっぱり「鮮やかな現在や栄えている今の都よりも、過ぎ去ったむかし、廃墟になった風景こそが、大切なものなのだ」という感覚がどこかにあったからじゃないか、と思う。たとえば柿本人麻呂からは離れるけれど、万葉集にはこんな歌もある。

桜花（さくらばな）時は過ぎねど見る人の恋ふる盛り（さか）と今し散るらむ
（巻一〇・一八五五）

桜の花は、咲く季節が終わったわけじゃないのに、
見る人が恋してくれる真っ盛りのうちに、
って思っていま散ってるんやろな

つまりは人が惜しんでくれるうちに散ってしまおう、いちばんいいシーズンに桜は散ってるんだ、という意味。

これもまた、一見桜のきれいな時期を詠んだ歌に思えるけれど、実のところは、人生の絶頂期に散ることが華！　この世は過ぎ去りゆくものだから、いちばん恋してくれてるうちに散るもの！　と、かなしいことを言ってる……ように私には見える。

だけどこの感覚も、さっき紹介した人麻呂の歌も、万葉集の時代に既にあった「無常」というような、「ずっと栄え続けている存在なんてない、時間が過ぎ去ればいまあるものは消える」という意識が根底にあるからこそ詠まれるのだろう。

これってかなしいことなんだろうか。切ないな、とは思う。ずっと同じものなんてない。だけどだからこそ、こうして、夕波千鳥汝が鳴けば……という歌が詠まれて、千三百年後の文芸に残る。かなしい、切ない、という感覚があるからこそ、それを歌に詠もうとする。

栄えているいまがずっと続くよりも、過ぎ去ること、散ってしまうこと、時間がたてばなくなることのほうが、文芸のテーマになる。そしてその過ぎ去りゆく瞬間をぱっとつかまえることが、和歌にぎゅっと閉じ込める題材になる。

だとしたら、喜怒哀楽の「哀」があるのも悪くない。少なくとも万葉集においては、悪くない歌たちだと思う。

# 悲しみが生まれるとき

「明日香川川淀(かわよど)去らず立つ霧の
思ひ過ぐべき恋にあらなくに

（巻三・三二五）

「明日香川の淀んでいるところを
離れない霧みたいに、
自分の気持ちも
すぐに消えてしまうような
恋やないわ……

山部赤人(やまべのあかひと)　作

万葉集では、「恋」を「孤悲」と表記している……というお話をご存じだろうか。わりと有名な話だから、もしかしたら知ってるかもしれない。もし知らなかったらぜひ何かのネタに使ってください。著作権は千三百年前の作品なのでフリーです（当たり前だ）。

前述したように、万葉集は全編漢字で構成された日本語つまりは万葉仮名と呼ばれるやつで著述されており、そこには「借音表記」（音だけを借りて読むやつ）と「借訓表記」（訓を考慮して読むやつ）の双方が存在する。

だけどたまに、こういうふうに、音だけを使っているかと思いきや、意味もやっぱり考慮してるよな〜と思わざるを得ない表記が存在する。「孤独に悲しく思う」と書いて、「恋」と読む。なんて的確な表記なんだ。

……と、こいつまた恋バナしようとするやん、と引かれたあなた、引かないでー！　と肩をゆさぶりたい。ちがうのだ。ここで言う「恋」とは、恋愛の話ではないのだ。

万葉集の時代、恋という言葉が指す範囲は、男女の恋情にとどまらなかった。前回の桜の話もそうだけど、もっと広い範囲の、「思う、慕う」という感情そのものを指していたのだ。たとえば今回の歌では、「恋」の対象は「旧い都」だ。

明日香川川淀去らず立つ霧の思ひ過ぐべき恋にあらなくに　（巻三・三二五）

明日香川の淀んでいるところを離れない霧みたいに、
自分の気持ちもすぐに消えてしまうような恋やないわ……

山部赤人は、奈良の大仏を作ったことでも有名な聖武天皇の時代に活躍した歌人で、山上憶良たちと同じ世代の人。さっきの柿本人麻呂よりはもう少し時代が下るので、今回の歌なんかも、柿本人麻呂の歌をお手本のようにして作ったらしい（万葉集は収録している作品の年代の幅が広いから、万葉歌人のなかで「昔風」や「今風」が見られて面白い）。

ちなみに赤人は自然を詠むのが得意な人で、たとえば有名な「田子の浦ゆうち出でて見れば真白にぞ富士の高嶺に雪は降りける（巻三・三一八）」の作者でもある（※百人一首だと「田子の浦にうち出でて見れば白妙の富士の高嶺に雪は降りつつ」なので注意！　かるたをやってるあなたは間違って覚えないようにね）。

で、前回は柿本人麻呂が、飛鳥へ遷都してきたときに、昔の都・近江を見て泣けてくる、という歌だったけれど。今回は山部赤人が、平城京へ遷都してきた時代に、飛鳥の地にあった都を思い出す歌になっている。時代は移り変わりますね！

歴史の勉強になるけれど、天武天皇が飛鳥浄御原宮へ遷都したあと、持統天皇が藤原京に遷都する。そしてその後時間が経って、平城京へ都は移る。

小学校の教科書だと「なっとーだいすき平城京（七一〇年遷都）」と「なくよううぐいす平安京で（七九四年遷都）」しか教えられないが、意外にその間にも彼らはちょこちょこ遷都する。だけどいまよりもずっと引越しが大変だった時代のことだ。山部赤人のような繊細な歌人からしたら、「ああ昔の都よ……俺はいまもきみ（旧都）が好きだし覚えてるよ！（泣）」と詠みたくなるのも頷ける。そんなわけで今回の歌へ至るのである。万葉集の時代、都が変わっては新しい都を讃えて歌を詠み、あるいは旧い都を思い出して歌を詠むものだった。

だから今回の歌でも「明日香川」と、ご当地の川の名前が詠まれている。川の上に立つもわもわとした霧を自分の心情にたとえるの、いい感じに愛が重たくていいね、と思う。霧みたいに、すぐ消えるもんじゃない自分の心情。

とすると、自分の心情を「孤悲＝恋」と詠んだ意味もわかってくる。

つまりここには「恋しさ、って何か」というある種深いテーマが埋まっている。だって恋しさというのは、そこにあるはずの片割れがいなくて、ひとりでいる切なさや悲しさを抱えている心情なのだ。だから孤独が悲しい、と書く。

つまり、都はそこで栄えているはずなのだ。あの頃うつくしかった都がそこにあるはずなのだ。だけど実際には、荒れ果てた場所だけがある。そこに、自分の思い慕う対象が、あるはずなのに現実には、ない。そういう状況下で、人は「自分はひとりだ、悲しい」と感じて、それゆえに対象を「恋しい」と感じる……というのが、万葉集の提示する「恋しさ」の構造らしい。ってこれは大学の先生に習った解釈なんですが。

何もないのに、一人で悲しい、と人間は思わないらしい。そこにあるべき何かがないから、人間は、孤独で悲しい、と感じる生き物らしい。そしてその対象が恋しいのだ、とも。

その対象が都だろうと人だろうと、構造は変わらないだろう。恋しさは悲しさにつながる。悲しさも恋しさにつながる。千三百年前の人が言うんだから、なんだか説得力のある話に思える。

# 妻を亡くしたつらさを詠んだ芸術

柿本人麻呂 作

去年見てし秋の月夜は照らせども相見し妹はいや年離る

（巻二・二一一）

去年見た秋の月は、今年も夜を照らすけど、
いっしょに月を見たあなたは、
年月といっしょにどんどん遠ざかってくんですね

前の章に引き続いて柿本人麻呂の歌。前章で述べたように、柿本人麻呂は、その実像がわかりづらい人である。持統天皇あたりの時代に活躍したことや、宮廷歌人として和歌を作ったことはなんとなくわかっているものの、その生年月日やら詳細なプロフィールは未だに謎。まあ、

だからこそ柿本人麻呂への信仰が生まれた、ってか「歌の神！」と崇められ得たのだろうけど。

柿本人麻呂への信仰エピソードを体現するもののひとつに、百人一首に所収されているこちらの歌がある。

　あしひきの山鳥の尾のしだり尾の長々し夜をひとりかも寝む

百人一首においては「作者：柿本人麻呂」として扱われているが。実は万葉集にはひとことたりとも「作者：柿本人麻呂」なんて書いていない（！）。万葉集には「作者未詳歌」（＝作者が誰かわかっていない歌）として掲載されているだけなのだ（巻一一・二八〇二番或本歌）。

じゃあ一体なぜ平安時代の百人一首（藤原定家が選んだという）では、柿本人麻呂の作った歌だと思われたのか？　と考えてみると、どうも平安時代に『人麿集』という万葉集の一部を集めた本があり、そこに載っていた和歌はすべて人麻呂が作者だと誤解された……という過去があったらしい。「柿本人麻呂は神！」というノリがあると、「え、実はそれ人麻呂の歌じゃないよ？」とは誰もツッコミを入れづらい。

人麻呂は歴史を超えて崇拝されすぎた（どれくらい崇拝されてたかといえば、江戸時代に人麻呂一千年忌だからって、人麻呂に朝廷からめっちゃえらい神の位が与えられたくらいだ。「正一位柿本大明神」というようになった。えらそうでしょう……)。しかし実際に彼の歌を詠んでみると、崇高に歌い上げるような和歌もいいけれど、奥さんを亡くした時のような身近な和歌にこそ魅力があるよなぁ……と思えてくる。

というわけで、今回は彼が愛する妻を亡くした時の歌。通称「泣血哀慟歌」というのだけど、実際「血の涙を流した」というタイトルそのまんまの、孤独で、切なくて、くるしい歌なのだ。「泣血哀慟歌」は六首から成り立っている。長歌に短歌を二首、というセットをまる二回くりかえした構成。長歌はちょっと長いんだけども、引用してみたい。

柿本朝臣人麻呂の妻死して後泣血哀慟して作りし歌二首ならびに短歌

天飛ぶや　軽の道は　吾妹子が　里にしあれば　ねもころに　見まく欲しけど　止まず行かば　人目を多み　まねく行かば　人知りぬべみ　さね葛　後も逢はむと　大船の　思ひ頼みて　玉かぎる　磐垣淵の　こもりのみ　恋ひつつあるに　渡る日の　暮れぬるがごと　照る月の　雲隠るごと　沖つ藻の　靡きし妹は　もみち葉の　過ぎて去にきと　玉梓の　使の言へば　梓弓　音に聞きて　言はむすべ　為むすべ知らに

音のみを　聞きてあり得ねば　吾が恋ふる　千重の一重も　慰もる　心もありやと
吾妹子が　止まず出で見し　軽の市に　吾が立ち聞けば　玉だすき　畝傍の山に　鳴く鳥の　声も聞えず　玉桙の　道行く人も　一人だに　似てし行かねば　すべをなみ
妹が名喚びて　袖そ振りつる

（巻二・二〇七）

軽の街道は私の奥さんがいるとこやし、ちゃんと行きたかったんです。でもほら、ちょくちょく行ったら人目につくし、頻繁に行くとみんなに噂されてしまうでしょ。やから、今じゃなくてもう少し先にちゃんと会おうって約束して、こっそり恋愛してたんですよ。そしたら、たとえば空を渡る日が暮れるみたいに、照る月が雲に隠れるみたいに、奥さんが亡くなりました、って知らせが届きまして。言葉も出ないし、でもじっとしてることもできなくて、彼女がよく行ってた軽の市に行ったんです。そこでじっと耳をすましました。けどやっぱり彼女の声も、鳥の声すらなくて、道行く人の誰も彼女に似てなくて。どうしていいかわからなくなって、彼女の名を呼んで、ただひたすら、袖を、振ってたんです。

秋山の黄葉（もみち）を茂み惑（まと）ひぬる妹（いも）を求めむ山道（やまぢ）知らずも　（巻二・二〇八）

秋の山には紅葉が茂ってるから、迷子になってる奥さんを探そうにも、
その道すらわからんもんですね

黄葉（もみちば）の散り行くなへに玉梓（たまづさ）の使ひを見れば逢ひし日思ほゆ　（巻二・二〇九）

紅葉が散っていくとき、手紙を届ける人を見ると、
奥さんと会ってた懐かしい日のことを思い出してしまいますわ

一見ひたすらに切ない、亡くなった奥さんへの気持ちを詠んだ歌に思えるのだけど。実は客観的な目線で文芸作品の完成度を担保しているのだ。たとえば「軽の道は　吾妹子が　里にしあれば（＝軽の街道は私の奥さんがいるとこやし）」と最初に断っている部分なんか、「軽の街道」の説明を入れてて、ちゃんと第三者を意識していることがわかる。

そう、柿本人麻呂はただ自分の想いを吐露するというよりも、ひとつの作品として自分の想

いを昇華している。それがこの作品のすごいところ、というか、いいところだな、と私は思う。

たとえば、この作品には明瞭に「時間軸」が存在している。

ちょっと想像してみてほしい。誰か大切な人がいなくなった時（って縁起でもない想像させてごめん）、その喪失を実感するのは、いつなのか、と。

ただその人がいなくなって悲しい、と喪失の直後も思うだろうけれど、それから時間が経った時も、その人がいた時から時間が経ってしまって悲しい、と思うだろう。時間が記憶を連れていって、ただ実感とともにあった過去がどんどんやわらかな思い出に変わる。鮮やかさが消えていく。ただその人がいなくなったショックよりもずっと、じんわりと悲しみが重たいであろう段階だ。

喪失は、時間の経過とともにある。決して、喪失したっていう事実やある一点においてのショックのことではなく、時間を経て段階を踏んでいくことこそが「誰かを喪う」ことの本質だ。

――これを発見して歌に詠んだのが、柿本人麻呂の作家性なんだろうと私は思う。

具体的に見てみよう。

前に掲載した長歌では、「奥さんと過ごしていた時期」の説明から、「奥さんが亡くなったと聞いたときの感情」を歌っている。時間軸で見ると、亡くなったと聞いた直後の段階だ。「袖を振る」ことがこの時代の愛情表現だったことを考えると、喪失を受け入れられていない、何が起こったのかよくわからない、という心境だろう。

次の短歌では、奥さんを山の中で探そうとしている段階……つまりは、まだ奥さんがいないことを受け入れられていないことがわかる。亡くなったとは聞いたけれど、まだ探そうとしてしまう。でも、秋の山であんまり紅葉が茂っているから、彼女の姿は見つけられない。ここで、紅葉のせいで見つからないだけなんだ、と言ってるところが切なくてかなわないなぁ、と個人的には思ってしまう。

最後の短歌では、さっきの歌では茂っていた紅葉が「散っていく」時期に、奥さんと手紙をやりとりしていたことを思い出す。少しずつ、時間は経過していくのだ。最初の長歌では喪失に呆然としていたのに、最後の短歌では、会っていたことがもう過去になっている。

次に掲載された長歌と短歌二首では、さらに時間が経過していく様子が歌われる。

うつせみと　思ひし時に　取り持ちて　吾が二人見し　走出（はしりで）の　堤（つつみ）に立てる　槻（つき）の木
の　こちごちの枝（え）の　春の葉の　茂きが如（ごと）く　思へりし　妹（いも）にはあれど　たのめりし
児（こ）らにはあれど　世の中を　背（そむ）きし得ねば　かぎろひの　燃ゆる荒野（あらの）に　白栲（しろたへ）の　天（あま）

領巾隠り　鳥じもの　朝立ちいまして　入日なす　隠りにしかば　吾妹子が　形見に置ける　みどり児の　乞ひ泣くごとに　取り与ふ　物し無ければ　男じもの　腋ばさみ持ち　吾妹子と　二人わが宿し　枕づく　嬬屋の内に　昼はも　うらさび暮し　夜はも　息づき明し　嘆けども　せむすべ知らに　恋ふれども　逢ふ因を無み　大鳥の羽易の山に　吾が恋ふる　妹はいますと　人の言へば　石根さくみて　なづみ来し吉けくもぞなき　うつせみと　思ひし妹が　玉かぎる　ほのかにだにも　見えなく思へば

（巻二・二一〇）

奥さんがこっちにいたとき、ふたりで手を握って見た、堤に立つ欅の木。その枝に春の葉が繁るみたいに、ずっと恋をしてたし、信頼してたんですよね。でも無常の運命に背くことはできへんから、彼女は、荒野で鳥みたいに朝飛び立って夕日みたいに隠れてしもたんです。奥さんが形見にのこした小さい子どもが泣いても、あげられるものなんてないし、どうあやしていいかわからん。私は男なのに子どもを抱えて、奥さんと一緒に寝た寝室で、昼は寂しく暮らして夜もため息をずっとついてるんです。嘆いてもどうすべきかわからんし、会いたいと思っても会えんし、羽易の山に彼女がおるって誰かが言うままに、岩の合間を苦労して来たんですけど。でも、その甲斐なんてありませんでした。ずっとこっちの人だと思ってた奥さんの姿が、まったく見えんし、ね

去年(こぞ)見てし秋の月夜(つくよ)は照らせども相見し妹はいや年離(さか)る　（巻二・二一一）

去年見た秋の月は、今年も夜を照らすけど、
いっしょに月を見たあなたは、
年月といっしょにどんどん遠ざかってくんですね

衾道(ふすまぢ)を引手(ひきで)の山に妹(いも)を置きて山路(やまぢ)を往けば生けりともなし　（巻二・二一二）

引出の山にあなたを置いて、寂しい山の道を帰っていくと、
自分が生きてる気がせえへんわ

亡くなってからだいぶ経って、彼女のいない生活が続いている。けれど現実は否応なく襲っ

てくる。子どももいれば、彼女と過ごした部屋もある。彼女との思い出（手を握って見た欅！）から始まり、彼女がいるという山に登ったけれどいなかった……という最後で終わる。生活の苦労を詠んでいるところに、なんとも言えない「家族の喪失」を綴った切実さがにじみでていると思いません？　思い出と比較するから、いまのつらさが鮮明に描ける。

次の歌では、年月が経って、また秋がやってきた様子を描く。今度は「月」を重ねる。一緒に見た月が、今年も変わらず輝いているのに、一緒に見た人は、そこにいない……。「一年」という周期を表現するのに「月」を持ってくるあたりが、詩人としての才能だ。

最後は、最初に「奥さんを探した」山の道のことを詠む。思い出してほしい、前の歌では山の中の道をさまよっていた。だけど何がすごいって、今回の歌ではもはや山から降りてゆく、つまりは「山から家へ帰っていく」自分のことを詠んでいるのだ。

長歌で、家のなかの生活や妻がいない生活について詠んでおいて、そのうえで、妻はきっと山奥にいるのに、そこから降りて家へ帰らなくてはいけない自分のことを詠む。帰る先は、妻のいない現実生活だ。

はっきりと時間が経過していく、そのなかで薄れない喪失のさみしさ、だけどそのさみしさの種類が変わっていく様子を人麻呂は描いている、のだと思う。だからこの歌群は傑作だと言われるのだろう。

人がいなくなる寂しさは、いなくなったときのショックだけじゃない。そこから続いていく生活のほうが、よっぽど「生けりともなし（＝生きている気がしない）」現実だし、つらいし、痛いのだ。

……ってこんなことを、まだ日本語もはっきりと確立していなかった時代に「歌」として詠めたのもすごいし、まあそりゃ歌の神様くらいに思われちゃうよな、と私は「泣血哀慟歌」を読むたび納得してしまう。たぶん、いまでもわかる人にはわかる歌なんじゃないだろうか、とも思う。

# 梅を見るたび涙する

我妹子（わぎもこ）が植ゑし梅の木
見るごとに心むせつつ
涙（なみた）し流る

（巻三・四五三）

私の妻が植えた梅の木を
見るたびに、心は悲しみつつ
涙が流れるよ

柿本人麻呂の喪失の話も長々としてしまったので、他の歌人の詠む喪失についても触れてみよう。

大伴旅人　作

今回は大伴旅人。美少女と川でばったり出会う妄想をしたり、梅を見る宴会をひらいたり、元気に過ごしているおじーちゃんかと思いきや、彼も彼で奥さんを亡くしており、なかなかに切ない歌を残しているのだ。いや美少女妄想話だけ紹介すると誤解されそうだしね、ちょっとシリアスなお話もあるよ……！

梅の宴会をした場所こと大宰府に大伴旅人は赴任していた。実はそんなに長い間いたわけでもなく、終わりは意外とはやく三年にも満たない赴任期間だった。旅人って大宰府で歌を詠んでたイメージがあるからずっといたように思えるけれど、案外短いなあ、と私はこれを知ったとき驚いた（旅人は大宰府の前に征隼人（せいはやと）持節（じせつ）大将軍として九州へ行ったりもしてるのだけど、大宰府にいた期間だけだと三年もない）。

しかし一年目に大宰府で妻・大伴郎女が亡くなる。旅人は六四歳、もう立派なおじいちゃんだっただろうけれど（実際彼の享年は六七歳だ）、そのショックをずっと歌に詠んでいる。

今回紹介する歌は、そんな旅人が大宰府での赴任を終え、都に帰るときに詠んだ歌たちだ。

たとえば一首目は、こんな歌で始まっている。

我妹子(わぎもこ)が見し鞆(とも)の浦のむろの木は常世(とこよ)にあれど見し人そなき

（巻三・四四六）

私の妻が見た鞆の浦のむろの木は、
ずっとこの世にあるんやけど、
見た人はもうこの世におらん

地方から帰京する歌といえば、その嬉しさを詠むのがふつうだったりする。だってやっと都に帰れるのだから。

だけど旅人の帰京の歌には、あんまりその嬉しさが綴られない。むしろ奥さんを亡くしたことへのつらさばかりが詠まれている。おしどり夫婦だったんだろうなー、とちょっと想像してしまうほど。

ちなみに、旅の途中でずっとこの世にあって変わらないものを見ることは旅の無事を約束してくれることだ、という信仰が当時はあったという説もあるから、おそらく「むろの木」を見ることは彼らの旅路の無事を祈ることでもあったのだろう。だけどいまはひとりで旅路を祈らなくてはいけないのだ。むろの木に、どういうこっちゃねん、奥さんどうしてくれてんねん、とツッコミのひとつやふたつ入れたくなるとこかもしれない（そんなことはないか）。

一首目のほかにも、こんな歌がある。

行くさには二人我が見しこの崎をひとり過ぐれば心悲しも　（巻三・四五〇）

行き道ではふたりで見たこの崎を、
ひとりで通り過ぎていくので悲しいわ

帰り道はひとりになってしまった……という言葉からは、「帰京のときこそ、来た道を思い出すから余計に妻の不在が感じられて寂しい」ことが伝わってきて、悲しい。旅人にとっては、もはや帰京のよろこびなんてないのだろう、なぜなら帰京してもそれを分かち合う人がいないから。なんとも切ない話。

彼の帰京の歌群はこちらの歌で終わる。

人もなき空(むな)しき家は草枕(くさまくら)旅にまさりて苦しかりけり　（巻三・四五一）

人気のないからっぽの家は、
旅の苦しさよりもずっとくるしいもんやなあ

妹として二人作りし我が山斎(しま)は木高(こだか)く茂くなりにけるかも　（巻三・四五二）

妻とふたりでつくった我が家の庭は、
木が高く茂ってしもたよ

我妹子(わぎもこ)が植ゑし梅の木見るごとに心むせつつ涙(なみた)し流る　（巻三・四五三）

私の妻が植えた梅の木を見るたびに、
心は悲しみつつ涙が流れるよ

「草枕」は「旅」の枕詞なんだけど、旅路よりもずっと、家に帰ってからのほうが旅人にとってはくるしかったみたいだ。だからこそ彼の帰京の歌はまったく嬉しそうじゃなくて、むしろ悲しみに満ちていた。

普通は、ひたすら安全を祈って、くるしい思いや大変な思いをするのが当時の「旅」なのに。帰ってから誰もいない家にいる、安全なはずの場所のほうが、「苦しかりけり」というのは、何とも言えず悲しい歌だ。

それから帰ってきて見た庭（＝「山斎」と書いて、しま、とよむ。池とかちゃんとある庭のことだ）は、あんなに丁寧に手入れしてたのに木が高く成長して、それから葉も生い茂った。最後に、木のなかのひとつの梅に注目する。妻が植えた梅を見るたび、妻のことを思い出すのだ、と。

シンプルな歌なんだけど、大宰府でも詠んでいた「梅」がこの最後にやってくるところが泣けてくる。令和の出典になった、妻を亡くした旅人を慰めるために開かれた宴会で詠まれていた梅の木、だ。そう。とぼけたり、ちゃかしたりしていたあの歌人たちは旅人を気遣っていたのである。

妻と一緒につくった庭とか、もう妻のいないがらんとした家とか、そんなものこそが、生活の痕跡こそが、不在を際立たせる。そしていちばんは、彼女の植えた梅の木が。「見るごとに」(=見るたびに)、思い出してしまう。だから悲しい。

これが「梅の木を見ると泣いてしまった」じゃなくて、「梅の木を見るたびに泣いてしまう」なのが、歌群のラストらしい表現だなぁと思う。いままでは旅路や帰ってきた家で「何かを見ると悲しくなる」歌ばかりだったのだけど。最後になって「見るたび悲しくなる」ものを、ぽんと置いている。喪失はよみがえるし悲しさはぶりかえす。それをちゃんと表現するのが、万葉集の文学作品たる所以(ゆえん)だし、やっぱりいい歌だ。

この次の秋、彼自身もまたこの世からいなくなる。通い婚が主流だった当時、なんだかんだ、こんなにちゃんと(一緒に庭を作るくらい!)夫婦で暮らしていたのは珍しかっただろう。あとを追うようにして、なんて言葉は使い古されすぎて嫌だけど、やっぱり彼については「あとを追うようにして」亡くなったんだろうなぁ、と言いたくなってしまう。

# 春の光のなかの悲しみ

うらうらに照れる春日(はるひ)に
雲雀(ひばり)あがり
心悲しも
ひとりし思へば

（巻一九・四二九二）

うららかに照らす
春のひざしの光のなか、
ひばりが舞っていて、心は沈む。
ひとりで思ってると、ね

大伴家持　作

万葉集のなかでいちばん好きな歌は？　と聞かれると、さんざん迷った挙句にこの歌を出す気がする。

しかしこの歌、いい歌なんである。

なんというか、ほんとに、もう、これがすべてだよな、と読むたびに胸がきゅんとしてしまう。万葉集でもっとも収録数の多いあの歌人、そう、大伴家持の歌だ。

ちなみに詠まれたのは旧暦の二月二十五日。いまでいうと四月三日くらい。きもちのいい、晴れた春の空。

ひざしが照っていて、春の光がその場を包む。そんな、一年のなかでももっともやさしくうつくしいであろうなかを、雲雀が舞い上がる。空に向かってぴゅうっと飛ぶ。

……なんて素敵な光景なんだろう、と思うんだけど、詠み手の「心」は悲しい。なぜなら、彼はひとりでものを思っているから。なにを思っているのかは綴られていない。ただ悲しいのだ。ひとりで考えていると。

と、こう解説すると、よくわからない歌に思えるかもしれない。だけど一歩引いてこの歌の全体像を見回すと、私にはこの歌の言ってることがよくわかる。

こんなにもうつくしい春の日「だから」、悲しいのだ。

考えてみてほしい。たとえばひとりで考え事をして孤独を感じるとき、あるいはものすごく自分はひとりだとひりひり思うとき、それがとっぷりと更けた夜だったり、あるいはどんよりした雨の日だったりすれば、そりゃ悲しいけれど、同時に、悲しみにひたることも可能だと思うのだ。

外でどっぷり雨が降っててくれると、悲しみにくれることがちょっと楽しい、という気分も生まれ得る。それは自分の気分に天気や景色が共感してくれているように思えるからで、自分は孤独でも天気が孤独にさせないようにしてくれている……と感じることも可能、みたいな話だ。

だけど外の天気が、あまりにも明るくてやさしい春の晴れたひざしだったとしたら。うつくしい光に包まれながら、雲雀なんかが楽しそうにぴゅいっとやって来たりしたら。

そんななかで、自分がどっぷり孤独で、ひとりだったとしたら。

そんなに悲しいことってない、と私は思う。

明るい春の日だから、自分が孤独なことに泣けてくる。うつくしい景色に包まれているからこそ、ひとりであることが悲しい。

……そんな感覚を、奈良時代に詠んだ人がいたのかと知ると、驚くとともに、文学って強い、とも思う。

当時、「ひばり」を歌に詠むことは珍しかった。「うらうらに」なんて言葉を使うことも珍しかった。さらに春を悲しいものとして詠むという思想すら、珍しかった。そんななかで、家持はこの歌を作って、詠んだのだ。

珍しい形式を使ったのは、きっと自分の孤独をいちばん的確なかたちで表現したかったからなのだろう。彼はその的確な表現を探した結果、きっと「春の日だからこそ悲しい」という場所に行き着いたのだ、と想像できる。

――でももし本当にそうだとすれば、家持は誰も行き着いていない場所に行き着いたということだ。彼は歌のなかで孤独をものすごく悲しがってるくせに、歌を作る際にもやっぱり孤独だったのだろう。表現者としての才能と裏返しの孤独。切なくなってしまう話だけど。

いまも使われる言葉に、春愁、という言葉がある。中国・唐代の漢詩にもある言葉だ。だけど当時、その感覚を持っていた人はきっとそんなに多くなかっただろう。そこにひとりで行き着いてしまえる家持の感覚の鋭敏さを思うと、「そりゃきみは孤独だよ……」と苦笑してしまいたくもなる。

だからこそ、彼のその才能があったからこそ、こうやって、いまの時代に生きる私が読んでも感じ入ってしまう歌を詠めたのだろう。才能はいつの時代も孤独なのかもしれない。うつくしい春の光のなかでこそ、人は悲しい。ひとりだから。これ以上の孤独の表現を、私はほかで見たことがないのだ。

さて、万葉集には、紹介したように、恋をして誰かを求める歌も、喪失から誰かを求める歌も、双方載っている。

そして誰かを求めたすえに、こうやってひとつの文学作品として、わざわざ他人と共有する言葉になって、和歌になって、残っている。

だけど誰かを求めるのは、そのひとが、孤独だからだろう。

満たされてたら欲したりなんかしない。孤独だから誰かを求めたりするのだ。そしてそれを他人と分かちあいたい、とか思って言葉にするのだ。SNSも万葉集もたいして構造に変わりはない。

万葉集も、ほかの文学作品も、あるいは誰かのSNSでつぶやかれた言葉も、孤独がひきあうすえの産物、結局「ひとりし思」った結果として、いまなお「ひとりし思」っている私たちに届いたものなんだな、と思う。

だからって孤独が薄まるわけでもないけれど。それでも、万葉集が残ってきたのは、そうやって孤独のひきあう力が千三百年間ずーっとおとろえてないから、と言えるかもしれない。時代を超えて文学が残るってただごとではない。いまの私たちに万葉集の言葉が届くのは、当たり前のことじゃない。

うらうらに照れる春日に雲雀あがり心悲しもひとりし思へば　（巻一九・四二九二）

うららかにてらす春のひざしの光のなか、
ひばりが舞っていて、心は沈む。
ひとりで思ってると、ね

いやーでもなんで千三百年たってもみんなひとりし思ってんでしょうね。謎だね。

# 星を見ている

相澤いくえ

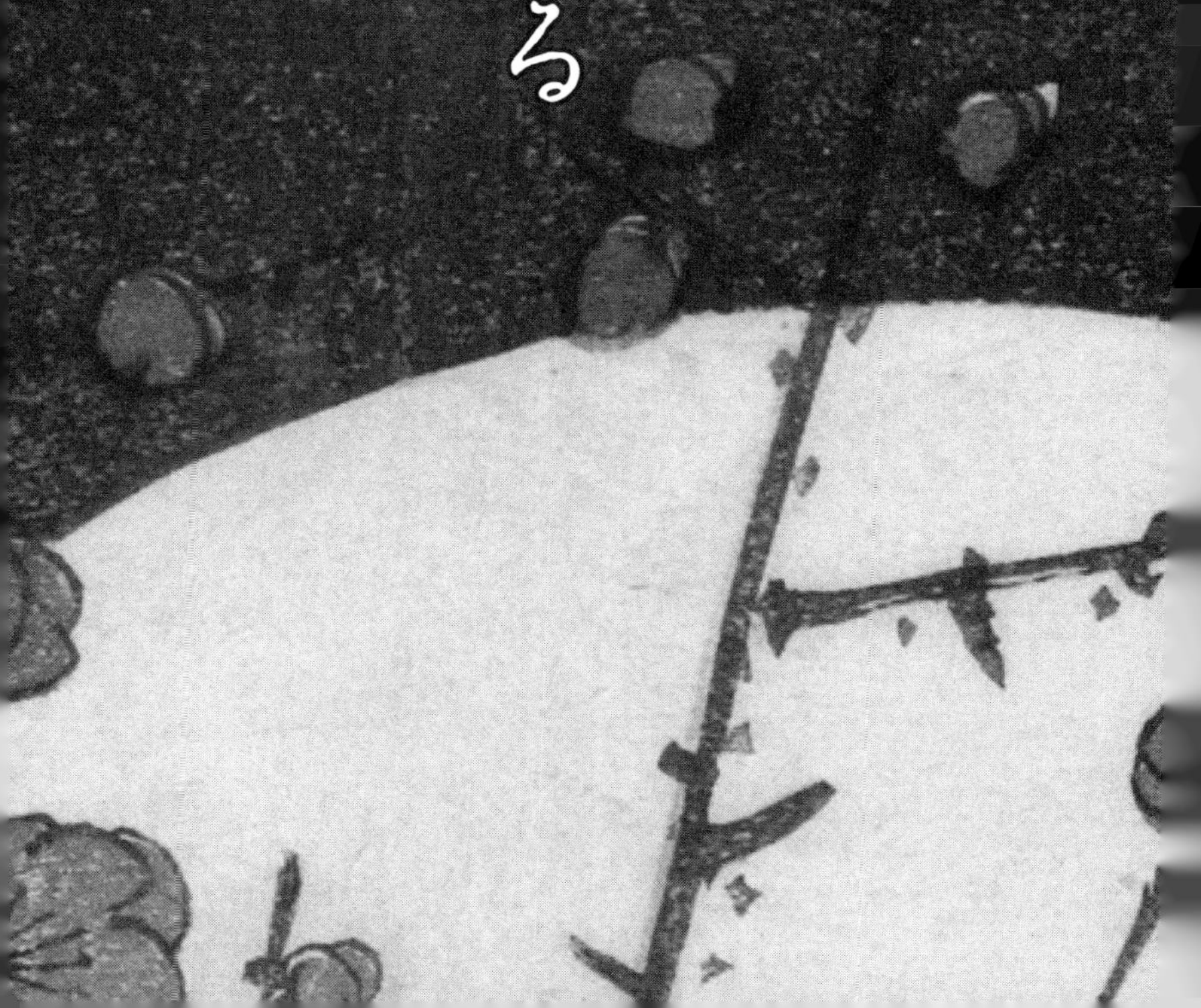

入社して
3年がたった
「とりあえず3年」
と、いろんな人が
言うように
なるほど
3年間
目の前の仕事を
一生懸命
ちょっと前に
ずっと付き合ってた
彼と別れた
つまらない
理由で
このトークルームを削除します。
よろしいですか？
キャンセル
削除
大好きな
アイドルの
スキャンダル
が報じられた
それも
つまらない
ことだ
悩める大人
に万葉集？

付き合ってた彼に「つまらない」と言われたこと
こわい先輩に「社会人らしい趣味を持った方がいい」とイヤミを言われたこと
昔の人もわたしみたいに悩んでたのかな…

むらさきのゆきしめのゆき…
あっこれは、知ってるな…
鼻の色…？なんだこれ…
お酒、ああ聞か猿…
ちがう、悪口？あるなーこういうこと

カニて！
えーなんでこの歌詠んだんだろ

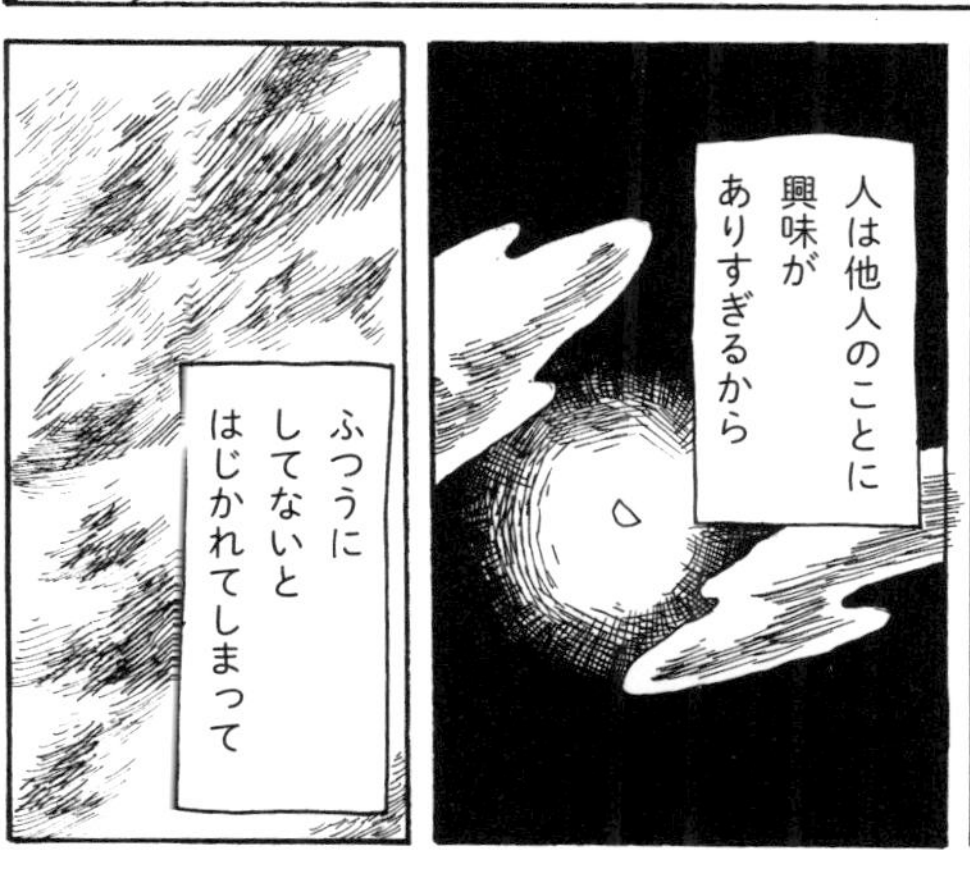
人は他人のことに興味がありすぎるから
ふつうにしてないとはじかれてしまって

いつもはこわい先輩が
カフェで1人
ため息をつくのを
見た時
いつも明るい友達に
実は大きな悩みが
あった時
うららに
照れる春日に
雲雀あがり
心悲しも
ひとりし思へば
ああ
今日
この瞬間
すれちがった
幸せそうな
あなたが
どんなことを
思っているのか
私には
分からなくて
悲しんでいても
苦しんでいても
それを分かり
あえないことが
本当に恐ろしい
たとえ
どんなに近くに
居られたとしても

この物語はフィクションです！

# あとがき

万葉集を学んでいたのは、私が大学院生のときでした。

研究はとても楽しかった。今思うと、他者の声を聞く練習をたっぷりさせてもらえた、本当に贅沢な時間だったなと思います。

万葉集を読むためだけに生きていた。とても楽しい時間でした。

自分は研究者には向いてないなと思い大学は離れてしまいましたが（そしてその判断はけして間違っていなかったのですが）、今も結局、読むことを生業にして生きています。それは大学院で、万葉集という他者の声を編んだ作品と格闘した頃につけた力があるからです。大学院とはすごい場所だった、と今も思っています。

万葉集って、面白くないですか？　そのことがあなたに伝わっていることを心から願っています。

古典を読む意味を問われることも多い昨今ですが、ひとりでも多くの方に古典を読む意味――時代や場所が遠く離れた人の言葉を読み解く意味――を伝えられるように、これからも頑張りたいです。

言葉を読んでいる間は、常に、ひとり対ひとりです。そのことが私はとても好きなのです。あなたにもその楽しさが伝わりますように。

最後になりましたが、単行本にしましょうと言ってくれた西山大悟さん、ありがとうございました。また素敵なイラストと漫画で彩ってくれた相澤いくえさん、本当に感謝しています。原稿をご確認くださった國學院大学の谷口雅博先生、そして今回、素敵な解説を寄せてくださった宮田愛萌さんにも御礼申し上げます。

あなたにとって、思い出す歌が、ひとつでも見つかりますように！

# ブックリスト

## 〔引用で参照したもの〕

・井手至、毛利正守『新校注　萬葉集』和泉書院、二〇〇八年
・佐竹昭広、山田英雄、工藤力男、大谷雅夫、山崎福之校注『万葉集（一）～（五）』岩波書店、二〇一三～二〇一五年
・伊藤博『萬葉集釋注』第一～二十巻、集英社、一九九五～二〇〇〇年

## 〔注釈で参照したもの〕

・土橋寛『万葉集―作品と批評―』創元社、一九五六年
・橋本四郎「巻十六『饌具雑器』をめぐって」『橋本四郎論文集　万葉集編』ＫＡＤＯＫＡＷＡ、一九八六年
・賀茂真淵『万葉考』『賀茂真淵全集』一・二、続群書類従完成会、一九七七年
・竹田晃『新釈漢文大系　文選（文章篇）中』明治書院、一九九八年
・内田賢徳「巻七　一〇六八」『セミナー　万葉の歌人と作品〈第12巻〉万葉秀歌抄』神野志隆光、坂本信幸編、和泉書院、二〇〇五年
・渡瀬昌忠『渡瀬昌忠著作集　第三巻　人麻呂歌集非略体歌論（上）』第二章第五・六節、おうふう、二〇〇二年
・伊藤博『萬葉集釋注』第一～二十巻、集英社、一九九五年
・張文成『遊仙窟』今村与志雄訳、岩波文庫、一九九〇年
・八木沢元『遊仙窟全講　増補版』明治書院、一九七五年
・島田裕子「紀女郎試論（一）」『日本文学研究』三二号、一九九七年
・大森亮尚「怨恨歌考（前）」『武庫川国文』四四号、一九九六年

・内田泉之助『新釈漢文大系　玉台新詠（下）』明治書院、一九七五年

## 万葉集にもっと興味をもった人のための本

・**中西進『万葉の秀歌』**筑摩書房、二〇一二年

ちょこっと万葉集の歌を読んでみたいな～と思うあなたにおすすめ。全巻をざっくりと、基本情報から教えてくれる本です。中西先生は解釈が大胆で読みやすいので、はじめての方に読んでほしい。

・**リービ英雄『英語でよむ万葉集』**岩波新書、二〇〇四年

英語で万葉集を訳したら？　日本語の「恋」を「love」とは訳せない？　エッセイ調で読みやすい、万葉集の英文訳についての本。たとえば「籠もよ　み籠もち」は「Girl with your basket, with your pretty basket,」になってたりして、いやいや圧倒的に原文より英語のほうがわかりやすいよ～とツッコミをいれたくなる。むしろ英語で読んだほうが万葉集は理解できるのかも。

・**里中満智子『天上の虹』**一～十一巻、講談社漫画文庫、二〇〇〇～二〇一五年

万葉集の時代を知りたいあなたには、迷わずこの漫画をおすすめしたい！　主人公は万葉集初期の重要歌人である、持統天皇。彼女と大海人皇子や額田王らの三角関係ラブを中心にした奈良時代を描く傑作漫画です。とにかく大河ドラマにしてほしい。ＮＨＫの人、頼んだ……。

解説

# 訳して楽しい萬葉集

宮田愛萌

私が三宅香帆さんとの縁が出来たのは萬葉集のおかげである。

知り合った（というよりも互いを認識した、という方が正確かもしれない）当時、私は大学で萬葉集を学びながらアイドルをしていて、その立場を使って日本文学科の地位向上、萬葉集専攻人口の増加を目指していた。おそらくそれがきっかけで香帆さんが私を知り、『妄想とツッコミでよむ万葉集』をご献本くださり、縁がいままで切れずにつながっているのだと考えている。

こうして『言葉にできない想いは、どうしたら伝えられるだろう。――悩める大人に贈る万葉集』の解説をお任せいただいたということで、まずは内容のすばらしさについて語っていきたいのだが、内容に行く前にひとつ、どうしても文庫版の方について語らせていただきたいことがある。文庫版がお手元にある方はそちらをぜひ確認してみて欲しいのだが、タイトルでは「万葉集」と書いているにもかかわらず、本文は「萬葉集」という表記で押し通していることについてだ。表紙をめくり、本扉があり、本文一言目から「萬葉集」である。説明はない。「萬」にふりがなもない。

私は読みながら、こんなに初心者向けの優しい本の顔をしているのに、これはガチの萬葉集入門書だ！読者はみんな騙されている！と思った。読み終えてからもやはり間違っていないと思う。なにかを語るうえで表記というのは繊細なものである。漢字にするか、ひらがなにするか、カタカナにするか。その場にふさわしいものを選びながら書き記していかなければならない。当時私が学んでいた教科書の表記は『萬葉集』であったため、学んでいるものは『萬葉集』であり『万葉集』ではないと言い張っていた私は、ここに表記への潔さと美しさを感じ、一文字目を見た瞬間から香帆さんのことが大好きになった。この単行本版においては、「万葉集」という表記になっているためこの強いこだわりのようなものを感じることは出来ないが、その代わりにもっと広くわかりやすい表記になっているため多くの人に届きやすいだろう。その心遣いもまた美しいものだと思う。

さて、そろそろ内容の話をしていこう。

この本は萬葉集のなかから、現代を生きる我々にも共感できるような歌をピックアップして現代語訳、解説と共にまとめたものだ。現代語訳はひとつひとつ単語の意味を正確に写して、というよりもずっと明るいものになっていて、より萬葉集の歌たちが身近に感じられるのではないだろうか。

現代語訳のわかりやすさ、というと萬葉集に馴染みのない読者のみなさまはぴんと来ないかもしれない。わかりやすい、と繰り返し言われるが、だいたいこんなものではないか、と思われるかもしれないため、どれだけわかりやすいのか、実際に私が学生時代に訳したものと比較していただこうと思う。

巻四・七二七の

忘れ草我が下紐に着けたれど醜の醜草言にしありけり

という和歌を取り上げてみよう。ちなみにこれは私が人生ではじめて一人で訳した歌であり、個人的には思い入れがいちばん強い歌なため収録されていて嬉しかった。

恋を忘れさせてくれるという忘れ草を私の下袴の紐につけたけれど、この役たたずな憎らしい草よ、言葉ばかりであった

ちなみにこの訳は、下着の紐と書くのが恥ずかしくてわざわざ下袴の紐と書いているところに若さがあり気に入っている。当時私はまだ二十歳になりたてで、わざわざ下袴と書くことでどうにか下着感をなくそうとしたのだろう。今なら思う。下袴は下着と同じようなものなのだから、付け加えても一緒である。なんなら下着と書き加えているようなものである。

次に香帆さんが訳したもの（132ページにある）。

恋心を忘れるって言い伝えのある「忘れ草」を俺の下紐に着けたんやけど、あほあほあほか、忘れられるって言葉は嘘やん

一目瞭然だろう。私がこの香帆さんの訳で特に良いと思うのは「あほあほあほか」の部分だ。原文の「醜の醜草」というのは罵る気持ちも多少はあるが、どちらかというと語感の良さの方が重要であろう。そのコミカルでポップに草に八つ当たりするような感覚はまさに「あほ」という言葉がぴったりなのだ。原文を見ると「醜」という感じの圧が強く、文字をみるだけでは「あほ」という語は浮かびづらい。実際に私がした「この役立たずな憎らしい草め」という訳は、まさに「醜」という漢字に引っ張られた言葉だ。今見ると、間違ってはいないと思うが、「役立たず」と「憎らしい」は言葉が強すぎる気もする。今の私だったら「このさいあく草（さいあくそう）め」と訳すだろうか。

萬葉集は自分で訳してみるのが一番楽しい、と私はよく言っているのだが、この本には人の訳したものを読む楽しさがある。自分では到底浮かばないような語彙や感覚、きっと元の歌はこうやって詠まれたのかもしれないと想像力を一層掻き立てられること。これらは一人で萬葉集に向き合っているだけでは得られない。

この本を読んで萬葉集って面白いと思った方（おそらく全員）はぜひ、この本に載っていないほかの歌を読んで、自分で訳してみて欲しい。そうしたらもっと香帆さんの訳のすばらしさと香帆さんのすごさが沁みるはずだから。

みやたまなも（作家・タレント）

著者
三宅香帆（みやけ・かほ）
文芸評論家。京都市立芸術大学非常勤講師。1994年生まれ。高知県出身。京都大学大学院博士前期課程修了（専門は万葉集）。京都天狼院書店元店長。IT企業勤務を経て独立。著作に『人生を狂わす名著50』、『バズる文章教室』、『（読んだふりしたけど）ぶっちゃけよく分からん、あの名作小説を面白く読む方法』、『妄想古文』、『なぜ働いていると本が読めなくなるのか』、『「好き」を言語化する技術』、『30日de源氏物語』など多数。

X（旧Twitter）：@m3_myk
Youtube：@KahoMiyake

イラスト／漫画
相澤いくえ（あいざわ・いくえ）
漫画家。著書に『モディリアーニにお願い』、『珈琲と猫の隠れ家』、『君と銀木犀に』、『恐竜とカッパのいる図書室』、『カペラの眩光』がある。トーチWEBにて「カイの砂漠」を連載中。

カバー・帯・目次・扉
Utagawa Hiroshige (Japanese, 1797-1858)
*Detail from A Red Plum Branch against the Summer Moon*, c. mid-1840s
Color woodblock print; uchiwa-e
23.6 × 31.5 cm (8 7/8 × 12 in.)
The Art Institute of Chicago

言葉にできない想いは、どうしたら伝えられるだろう。

# 悩める大人に贈る万葉集

2025年4月6日　第1版第1刷発行

著　者　三宅香帆

発行者　株式会社亜紀書房
〒101-0051
東京都千代田区神田神保町1-32
電話（03）5280-0261
https://www.akishobo.com

印刷・製本　株式会社トライ
https://www.try-sky.com

ISBN 978-4-7505-1872-5 C0095



※本書は『妄想とツッコミでよむ万葉集』（だいわ文庫、2019年）に書き下ろしを加え、
加筆修正・再編集の上、単行本化したものです。